一个普通市民的云游杂记

上海旅人

孙晓光 著

SHANGHAI UNIVERSITY PRESS

·上海·

图书在版编目（CIP）数据

上海旅人：一个普通市民的云游杂记／孙晓光著.
上海：上海大学出版社，2024.7. -- ISBN 978-7-5671-
5019-5

Ⅰ.I267

中国国家版本馆CIP数据核字第2024JY3498号

责任编辑　刘　强
助理编辑　陈　荣
封面设计　倪天辰
技术编辑　金　鑫　钱宇坤

上 海 旅 人
—— 一个普通市民的云游杂记

孙晓光　著

上海大学出版社出版发行
（上海市上大路99号　邮政编码200444）
（https://www.shupress.cn　发行热线021-66135112）
出版人　戴骏豪

*

南京展望文化发展有限公司排版
上海华业装璜印刷厂有限公司印刷　各地新华书店经销
开本 710mm×1000mm　1/16　印张9.5　字数124千
2024年7月第1版　2024年7月第1次印刷
ISBN 978-7-5671-5019-5/I·706　定价 58.00元

版权所有　侵权必究
如发现本书有印装质量问题请与印刷厂质量科联系
联系电话：021-56475919

目 录

一、丁香花园 / 1
二、国际饭店 / 5
三、外滩 / 7
四、佘山 / 9
五、华亭海塘 / 11
六、虎丘 / 15
七、沧浪亭 / 17
八、网师园 / 19
九、枫桥 / 21
十、蠡园 / 24
十一、无锡梅园 / 27
十二、瓜洲渡 / 31
十三、北固山 / 35
十四、焦山 / 38
十五、燕子楼 / 40
十六、泰山 / 44
十七、刘公岛 / 45
十八、上清宫 / 48
十九、养马岛 / 50
二十、大明湖 / 52
二十一、石钟山 / 55

二十二、琵琶亭 / 57

二十三、浔阳楼 / 61

二十四、烟水亭 / 65

二十五、杜甫草堂 / 68

二十六、武侯祠 / 71

二十七、宝顶山 / 77

二十八、白帝城 / 80

二十九、神女峰 / 83

三十、昭君墓 / 85

三十一、敬亭山 / 88

三十二、采石矶 / 90

三十三、望龙庵 / 92

三十四、旌德文庙 / 95

三十五、小孤山 / 98

三十六、翠微亭 / 100

三十七、太阳岛 / 105

三十八、纳兰驿道 / 107

三十九、二十八站 / 110

四十、连池火山 / 115

四十一、天姥山 / 117

四十二、龙井村 / 119

四十三、三泉 / 120

四十四、小小墓 / 122

四十五、雷峰塔 / 125

四十六、青芝坞 / 128

四十七、石梁飞瀑 / 131

四十八、断桥 / 135

四十九、合掌峰 / 139

五十、石林 / 142

后记 / 146

一、丁香花园

　　一个如诗如画、如梦如幻的地方，一幢英国乡村风味的小楼伫立在庭院的北侧。朝南的木地板外走廊又宽又长，一位雍容华贵的中年女子坐在藤椅上，边上的茶几上放着一壶茶，像是放着做样子的，她几乎没有动过，只是看向眼前修剪得讲究且对称的草坪。大冷天里，草坪照样散发出诱人的绿意，那种绿，又轻又薄，如同浮云，像丝绸一般轻柔，像玻璃一般透明。草坪尽头有一道月牙形的起起伏伏的围墙，围墙上开出各种花格子小窗。墙上的琉璃瓦故意修成龙鳞状，龙头对着围墙内的中式小花园，小桥流水，亭台楼榭，湖心亭上立着一只凤凰，和巨龙相对相视，让人不免浮想联翩，不知当年的主人抱有何种深意。几棵高大的百年香樟如巨伞一般遮盖着小园，树枝上缠绕着同样百年的紫藤。还有几棵桂花树，散发着秋季的残香。还有就是必不可少的几棵丁香树，默默等待着开花的季节。这景这情这丁香花，当配上李璟的《摊破浣溪沙》。

　　手卷真珠上玉钩，依前春恨锁重楼。风里落花谁是主？思悠悠。青鸟不传云外信，丁香空结雨中愁。回首绿波三峡暮，接天流。

李璟身为南唐帝王,把他的忧郁多情和艺术才华遗传给了儿子李煜,却没有遗传一丁点儿的治国谋略,让儿子空叹:"垂泪对宫娥","问君能有几多愁,恰似一江春水向东流"。李煜真有那通天的本领,逆转潮流,让气数已尽的南唐阻挡大宋一统天下的脚步吗?显然不能。李煜有没有治国的本领,都不会改变历史的走向。但李煜有没有艺术才华和天分,却会改变中国文学史的面貌。

这座庭院伫立了百年,演绎着一曲又一曲或优雅或悲伤或激昂或惆怅的乐章,看到过一拨又一拨的人群来来去去,或西装笔挺,或中装肃穆,或长衫古朴,或旗袍妖娆,或长裙妩媚,或短裙奔放,云蒸霞蔚,五彩斗艳。但再好的年华也如浮云流水,天下没有不散的筵席。于是,庭院就像一位被遗忘的老人,静静地等待有缘人的探视。

此时坐在走廊上的中年女子是幸运的,那若有所思的样,或许是往事如烟,浮起又沉下,聚拢又消散,不可与人述说,只能在心底翻起又压下。谁是风里落花?春恨锁重楼。谁是雨中丁香?坠红湿云间。只是此情此景,她更适合戴着插花的礼帽,穿着蕾丝的长裙,喝着芳香馥郁的咖啡,而不是包裹在厚重的呢子大衣中。

这座院落在上海也是数一数二的私家庭院,还有一个充满诗意的名字——丁香花园,这幢楼便叫丁香楼。传说丁香花园曾住着一位叫丁香的江浙女子,她的父亲是和洋人打交道的买办,也能说一口流利的英语。这位女子的笑容如同盛开的丁香花,又轻柔,又细腻,打动了李鸿章,被纳为宠妾。李鸿章为她一掷千金,委托盛宣怀建了这座花园。

盛宣怀是搞洋务的实干家,特聘美国建筑大师艾赛亚·罗杰斯来沪设计,把丁香花园建成中西合璧的风格。据查,丁香花园建于1862年,彼时李鸿章刚刚风尘仆仆带着淮军进驻上海,盛宣怀还是一介书生,洋务运动八字没有一撇。

李鸿章是安徽合肥人,他眼中的上海和内陆大不相同。开埠后的上海风气大变,外滩上已经矗立起数幢高楼,黄浦江上停靠着洋人的钢铁炮舰。看到这些，李鸿章拿起从不离手的长烟杆，深深吸了几口，暗自思忖：人要自强，国要自强，才有说话的权利。当朝中有人说着"之乎者也"嘲笑上海人洋腔北调地说"椰丝、密斯"的时候，李鸿章一言不发，心中敏锐地意识到这些"椰丝、密斯"也可为我所用，决意搞起洋务运动，以救大清国运。不过，洋务运动看起来轰轰烈烈，三十多年后却如同纸糊的老虎，一戳就破。

丁香花园的故事还有另一个版本。李鸿章的第一任太太周氏在咸丰十一年（1861）就病逝了，没有留下子女。续娶太太赵小莲为他生下一子二女。其中一个女儿嫁给了张之洞的儿子，她就是民国有名的女作家张爱玲的奶奶。张爱玲非常看重自己的贵族身份，一直居住在上海，奇怪的是她从来没有提起过丁香花园。传说丁香花园是李鸿章为侧室莫氏所生的儿子备下的。推算起来李鸿章当时已经年老，可能他深知莫氏出身低微，所生小儿子不受正室儿女的待见，故而决意为他留些财产。所有的高墙深院中都有不为人知的秘密，都有着类似的纠缠纷争。高墙之外风雨飘摇，李鸿章远虑近忧，大厦将倾，独木难支，哪怕他被列强誉为"东方的俾斯麦"也难救大清，只能为子孙做好安排，包括小妾冬梅。这个小妾出身低微。李鸿章上了年纪后，一到冬天双脚便发冷，冬梅就是用来焐脚的。冬梅有无子嗣不得而知，如果有，是否也和丁香花园有关呢？可惜的是，李鸿章无论有多精明，也不会想到他宠爱的小儿子听的是靡靡之音，挽的是妖娆舞女，进出的是豪华赌场。丁香花园很快换了主人。但是想来，又有哪一个后代是按照李鸿章的设想走完一生的？这一点上李鸿章和北宋宰相王安石相似，都以为自己可以安排好儿孙们的命运。

王安石的个性倔强固执，当上宰相后执意推行变法，遭到许多人的反对，就连大文豪苏轼也站在他的对立面。王安石在国事上一意偏行，在家事上更是说一不二。他的儿子王雱年纪轻轻就得了重病，只能躺在床上。王安石为了不耽搁儿媳的前程，自作主张，命其另嫁他人。王雱无助又无奈，望着窗外丝丝杨柳丝丝雨，想起妻子暖暖花容暖暖情,提笔写下一首流传千古的《眼儿媚》。

  杨柳丝丝弄轻柔,烟缕织成愁。海棠未雨,梨花先雪,一半春休。而今往事难重省,归梦绕秦楼。相思只在,丁香枝上,豆蔻梢头。

  世事变幻,人生无常,短短几十年,只在弹指一瞬间。坐在走廊上的中年女子揭开茶壶盖,用手指沾上水,站起身,朝墙上描画,轻声念道:

  乔木扶苏巨龙墙,金凤立潇湘。草坪谁种?洋楼谁住?往事深藏。书生一怒揽天下,困境问兴亡。情生寄处,水中明月,雨后丁香。

  青鸟不传云外信,丁香空结雨中愁。再见了!丁香花园。或许只有丁香花知道她是谁,她从哪里来,她向哪里去。

(约 1984 年游于丁香花园)

二、国际饭店

在一碗阳春面八分钱的年代,我去了一趟上海最高的建筑——国际饭店。难得到上海的外地游客总要仰起头看一眼这楼有多高。有的上海人看到情景会认为他没有见过世面,就会调侃说:当心帽子落脱。我就是落脱帽子中的一个。那年我在南京路上采购东西时,雄赳赳地跟在一帮西装革履的人后面,想混进国际饭店一探究竟。但门岗可不是吃素的。门岗的制服笔挺,没有一丝皱褶;手套雪白,没有一丝灰尘;脸上的笑容非常标准,没有一丝走样;眼光相当犀利,没有一丝误判。就在我以为肯定能成功进入的时候,门岗那雪白的手套伸了出来。

我悻悻然走向一边,看到台阶旁的一道小门无人看守,便走了进去。我沿着楼梯,来到三楼的一间大厅。看摆设像是餐厅,所有的人都无声地看着我,或许都在暗想:这个一身劳动布服灰头土脸的年轻人想要干什么?他怎么会进来的?而我在众目睽睽之下强装成气定神闲。我见墙上的菜单上有面点,便一样一样看过去,出乎意料的是堂堂国际饭店也卖阳春面。最便宜且最切合我钱包的便是阳春面了,标价一毛钱一碗。

我点了一碗阳春面,坐到餐桌边,等着服务员为我服务。刹那间,餐厅有了勃勃生气,厨师动起来了,服务员动起来了,各人忙各人的事。我也真正地放松了。阳春面讲究的就是清汤寡面。一碗阳春面只有五样东西:面、水、盐、猪油和葱花。面要不粗不细,不软不硬,要有嚼劲。水要纯净,不带一点杂味,更不能有自来水的消毒味道。盐要细如粉白如雪的海盐。猪油要用散养的土猪板油熬出来的,有着特别的香味。葱花要用本地的小葱。这一碗飘着纯正的猪油香味和葱花香味的阳春面,让我久久难以忘怀,除了好吃,还有就是多花了二分钱。

当我走出这道台阶上的小门,站立片刻,竟生出一种俯瞰尘世的感觉:这南京路上来来往往、忙忙碌碌的人中,有几个吃过国际饭店的阳春面呢?而我这个落脱帽子的人却吃过了。时过境迁,阳春面早已消失在餐饮历史的变化中,你用再多的铜钿也买不到当年国际饭店的阳春面了。那一刻,我以为自己是未庄拖着长辫子的赵老爷。

(约 1978 年去的国际饭店)

三、外滩

说到沪上的观光景致，外滩是必不可少的。对大多数土生土长的上海人来说，可能只是匆匆路过时瞥上一眼。这些熟悉的景色已经矗立百年，不同的生活背景下的上海人，可能对外滩也沉淀着百样情感。

外滩矗立着52幢风格迥异的古典复兴大楼，素有万国建筑博物群之称，每一幢建筑都有它的特色，都有自己的故事。好比文章的段落，每个段落绝不会重复，组合起来更是一篇绝美的文章。外滩就是这篇文章的脉络，再要深入，就要到建筑的内部去看细节：廊柱是中式的还是西式的，窗户是圆形的还是方形的，栏杆是木料雕刻的还是金属浇铸的。按说，"万国建筑博物群"是对这片建筑客观的科学的描述，但是我总觉得有种言过其实的别样滋味。就拿和平饭店来说，当年英国用洋枪洋炮打开了上海的码头，沙逊家族趁机做起鸦片生意。沙逊家族几代人都是做这一行的，从印度做到上海，用沾满中国人血泪的银两造起当时号称"远东第一楼"的沙逊大厦，也就是现在的和平饭店北楼。

我已记不得第一次来到外滩是哪一年，以及当时看见那些富丽堂皇的建筑是什么感受。只记得我从来没有把外滩当作绝佳的风景，好像也没有什么情感的联系。我对外滩只有敬畏——作为平头百姓，对这些富丽堂皇的建筑敬畏，对能够自由出入的人敬畏。

记忆中只有一个地方是我们平头百姓可以出入的,那就是原来金陵东路口的船票出售大厅。差不多有十来年,我每年都要去报到。不管是到大连、青岛、宁波的海运,还是到重庆、武汉、南京的河运,都要在此购票。里面人山人海,为买一张船票奋战,浑浊的空气,像有千斤重量,压得人喘不过气。尤其春节期间,一张船票就是一个人生故事,悲欢离合都压缩在这张小小的船票里面。如果幸运地抢到一张船票,则同时又意味着一场牵肠挂肚的别离——又要跑码头去了。老上海人把在外地插队、支边、工作称为跑码头。外滩景色再好,那也是别人家的风景。

到了20世纪80年代后,外滩又成了一道别样的风景。那时,年轻人恋爱不再成为一件犯忌的"地下工作",可以正大光明地牵起手。但是,人约黄昏后的深情又该寄托在何处呢?于是,外滩有了著名的"恋爱墙"。一对情侣挨着另一对情侣,各说各的悄悄话,竟能做到互不干扰。这道墙和那些孤独的为生活奔忙的年轻人毫无瓜葛。

每次走过外滩,我都为自己的心静如水而惊讶。是的,对一个地方产生情感的涟漪,必须要有自己的故事。一个人面对再好的风景,若是那里没有自己的故事,拿什么引发情绪和情感呢?没有故事和情感的观景,也许只是旅途中一件毫不起眼的小事,也许只是漫不经心的一瞥。

20世纪90年代中期,我有幸登临刚建好的东方明珠,记得那时的门票五十元整。从高空中鸟瞰,浦东浦西一览无遗。外滩建筑在黄浦江的映衬之下,无声地述说着曾经的沧桑。而开发才短短几年的浦东,犹如掀起盖头的新嫁娘,令人惊艳无比。新的高楼拔地而起自豪地俯视着浦西,也在无声地述说着属于它的时代。那一瞬间,我心中产生了一丝涟漪。我意识到,随着时代的变迁,我的命运发生了翻天覆地的转折,从一个匆匆过客变成了一个观光客——外滩终于成了我眼中的风景。

(1998年第一次登东方明珠)

四、佘山

上海有山吗？

原本的上海不过是一个小渔村，到了元朝才设置为县，一直归松江府管辖。1958年11月，松江划归上海。松江的山不就是上海的山吗？上海人可以骄傲地说一句："佘山、天马山、小昆山、横山……九峰三泖不是云间胜地吗？"

九峰之中，犹以佘山出名。

我第一次见到佘山，还是几十年前，远远瞧见山顶的天主大教堂和天文台在阳光下熠熠生辉。山下有一条砂石公路，两边修竹夹道，微风吹香。那时我在想：中国的名山都被佛、道、儒占尽了，佘山上怎么会有一座宏伟的"远东第一大教堂"呢？

我第二次上山才知道，其实佘山曾有过庙宇，后来都荒废了。上海佘山天主教堂，也称远东圣母大殿，与法国罗德圣母大殿齐名。1871年，由法国传教士始建，1925年扩建，1935年落成。它集罗马、希腊、西班牙、中国的多种建筑风格于一体。在这座大殿旁就是著名的佘山天文台。令人惊奇的是，这座天文台是由耶稣会神甫们集资，于1900年建造，并且一直使用到现在。无可否认，在坚船利炮下打开的国门，同时也迎来了西方文明的产物。或许佘山是上海最明显的一个标记。但在一座宣扬上帝无所不能的教堂旁边修建一座讲科学的天文台，令我百思不得其解。我猜想，那些外国传教士，很多学有专长，学识渊博，他们研究神学，是想解释人心的奥秘，研究自然科学，是想探讨自然的奥秘。或许在他们看来，上帝不屑回答的问题，交给科学，科学解释不了的问题，就交给上帝，这样便可解答世间一切疑难。在中国的名山中，这样的风景也是独一无二的。

随着交通的发达，去佘山成了一件说走就走的小事。从市区坐地铁9号线，到佘山站下车就是。通过多次上佘山，我也渐渐知道佘山的名字有多种来源传说。我还是倾向宋代《云间志》的说法：古代有佘姓者居此，故名。数千年来，吴越子民一直在这片土地上繁衍生息，并创造出佘山灿烂的文化。九峰之一的横山就是东晋大文学家、书法家陆机的故居所在和安息之地。明代徐霞客三次到佘山探幽访友。佘山一般指西佘山，高不过百米。其实还有东佘山，佘山植物园和百鸟园就在东佘山，那里值得细细观赏。放眼全国，佘山虽小，但登临其上，同样可以仰观宇宙之浩渺，俯察品类之繁盛，纵观历史之经纬，探索科学之无穷。

（1986年第一次到佘山）

五、华亭海塘

如果你到奉贤的碧海金沙去看海,经过奉柘公路,就能看到路的南侧有一道一人来高条石垒成的石塘,绵延数公里,犹如一条巨龙静静地卧在大地上,这就是华亭古海塘。历史记载中,它高五米,底宽三米,石塘上方收缩到一米四,二百多年来,为这一片的百姓抵御台风的狂妄,抵御海潮的嚣张,守护这一方的平安。随着塘外海滩的淤积,20世纪70年代末,奉贤人民在金汇港东西两侧又筑起新的海塘,这条巨龙功成身退。2002年列为市级文物保护单位,2019年列为全国重点文物保护单位,这是对它历史功绩最好的肯定。

如果时间充裕,建议你沿着奉柘公路向西,到金山嘴去品尝海鲜。过了柘林就是原来的沪杭公路,最早在修建这条路时,就是连接了原来的华亭海塘和金山海塘。站在海塘上,就能看到郁郁葱葱的大小金山在杭州湾的波涛中屹立。顾名思义,海塘就是抵挡海潮的堤坝。过了吴淞口,宝山那一带的就叫江堤了。

当你眺望杭州湾的海潮时,也许会想起这片土地上的先民,为了生存,顽强地和大海抗争。大潮那天,他们在海浪到达陆地最远的地方撒下砻糠,沿着这条线,就地取材,筑起土塘。这些土塘碰到台风、暴雨、海潮很容易垮坍。当陆地成了海洋,人畜便宛若鱼虾。可是先民们不屈不挠,一代又一代,一次又一次筑起海塘。上海地区记载的最早的海塘就是金山咸塘,建于三国东吴末期。由于年代久远,包括唐代的海塘都很难找到遗迹。上海地区的海岸线,历史上经过多次变动,大小金山就是最好的证据,原来是在陆地上,南宋时期海岸坍塌,沦入海中,变成了海岛。

我们现在看到的华亭海塘大多建于清朝。这些海塘明明在金山、奉贤,为什么叫华亭海塘呢?这和松江的历史有关。唐朝时还没有上海这一名称,最早设置的就是华亭县,管辖的范围差不多就是现在的上海市,包括江苏的昆山、浙江的嘉兴。故松江有好几个别称,一个是"云间",另一个是"华亭",还有一个是"茸城"。它管辖下建造的海塘,便叫作华亭海塘。

如果你沿着老沪杭公路一路向西,来到海宁,看过钱塘大潮后,不妨仔细看一下那里出名的鱼鳞石塘。华亭海塘和海宁的鱼鳞石塘都修于清代,由同一位清朝官员主持修建,分别被誉为"海国长城"和"捍海长城",至今发挥着不可替代的作用。这位官员就是海宁人俞兆岳。也许他自小见到海潮为患一方,深知石塘的作用,故早有此志向,一定要修一条牢不可破的石塘,造福百姓。也许他是海宁人,故对于海潮、台风的习性都有深刻的了解,对前代修筑的海塘的利弊均做过分析。地方志中记载着许多有名的石塘,现在都湮灭无闻,唯有他主持修建的石塘二百多年来仍牢不可破,至今还在为百姓守护家园。

说起来俞兆岳二十多岁跨入仕途,官运不太昌达。做过福建大田县知县、台湾府台湾县知县。雍正元年(1723),时年五十岁的俞兆岳任松江海防同知。次年,海宁康熙年间筑的土塘坍毁,海水漫进,倒塌民房无数。作为基层官员,俞兆岳还没有资格上书给皇帝,只能一级一级上传。他提出土塘几乎年年修建加固,劳民伤财,应修建石塘,一劳永逸。同年十二月,吏部尚书朱轼奉命巡视海塘。俞兆岳一路徒步相随,力陈石塘的好处,朱轼深以为然,因为他在浙江担任巡抚时也主持修过海塘。这一路相处，朱轼对俞兆岳的人品、学识都有了解。雍正六年（1728），俞兆岳擢升为通政参议，主持修理华亭海塘。这一年，俞兆岳已经五十六岁。

在民间流传着这样一个故事：

有一年海塘倒塌，急需一位大臣去主持重修。皇上问：各位卿家，谁来接旨。朝堂之上无人应答。这明明是一项国家重点工程，甚至是一项肥差，竟然无人应答。原来第一任钦差陈知和曾利用修筑海塘的机会贪污受贿，草草用沙石筑了一条土塘，第二年就垮了，被砍了脑袋。第二任钦差周健是一位清官，但他不是海边人，不懂水文海况，修了一条笔直的海塘，还没有等到合拢，就被汹涌的海潮冲毁了。周健自愧无颜再见圣上，也无脸见父老乡亲，跳海自尽。这项差事就成了一个高危职业。谁敢！那时俞兆岳也是京城里的高官，他上前一步道："臣愿领旨。"皇上从高高的龙椅上望下去，一个干瘪的老头跪在面前。

这个老头一身布衫，一顶破帽，一双草鞋行走在各个工地。谁也没有注意到这个如同捡破烂的老头。可是，哪个工地出了什么差错，谁在其中作弊，第二天上头就会下文质询。那些包工头都说：奇了怪了，好像老天爷张开眼看着，哪个敢偷工减料？哪个敢懈怠偷懒？

俞兆岳修的是一条石塘，每一条石缝中灌入糯米汁、油灰、石灰等的混合物，条石和条石之间用铁销卯相连。石塘建成后再用土包上，花费巨大，修塘期间几次向朝廷要求增加拨款。朝廷里的大臣自己不想干，又眼红人家得了好差事，背后总有打小报告的。他们扳起指头算算，这么多银两，修一条海塘怎么都有周旋的余地。俞兆岳回京复命，走到半路就被士兵连人带物直接"请"到皇帝面前。众所周知，雍正皇帝是一个比较严厉的皇帝，杀过不少贪官。但他也是一个明智的皇帝，知道天下的贪官是杀不尽的。水至清则无鱼，这么大的一个工程，落个仨瓜俩枣，也就眼开眼闭了。谁知这大胆的俞兆岳带了一箱"黄货"。雍正心想倒要看看这个老头长了几个脑袋。当着满朝官员,打开箱子,里面没有一点黄金的影子,只有几十双烂草鞋,还散发着汗臭。

雍正大为惊讶:你带一箱草鞋干什么?是不是嫌俸禄少了。

俞兆岳回答:臣岂敢。臣负皇命,必须尽心尽力。海边烂泥,穿草鞋最方便行走。这都是臣几年来在海塘上走烂的草鞋。带回来留给儿孙,好让他们记住:给皇上办事,上要对得起国家,下要对得起百姓。为民谋利,不辞辛苦。脚踏实地,方能成事。

每个听过这则民间故事的人都露出意味深长的微笑。

(1996年奉柘公路降坡拓宽时,才真正见到华亭石塘)

六、虎丘

第一次看见虎丘,是在五十多年前。那时不是我一个人,而是一批十六七岁的少男少女,坐在晃荡晃荡的绿皮火车里,从原上海北站一路向西,奔赴北疆。不是我们这一代的人,可能不知道我说的是什么意思。那几年,所有的年轻人都面临着到云南、内蒙古、黑龙江上山下乡的命运。我们这批人就是到黑龙江漠河去的。

当亲人的身影消失在站台上,我们意识到自己即将走上漫漫征途,时间和空间成了千山万水,那一刻才知什么叫茫茫天涯路,什么叫泪洒青衫湿。颠簸了好半天,夕阳下,大地一片金黄,确切地说,是虎丘塔突然出现在眼前,高耸入云,直刺苍天,仿佛在无声地告诉我,苏州到了。那种震撼深入我的血脉,恐怕一辈子也难以忘怀。火车仿佛是绕着虎丘行驶了好半天,虎丘才从火车后面隐入暮色。是虎丘,是看见虎丘的震撼把我们从伤感中拉了出来。

等我真的有机会登临虎丘,才知道,所谓的丘,只是一个小山坡,高度仅34米,加上塔高,尚不及现在的一幢居民楼。虎丘原是大海中的一座小岛,长江的泥沙把沧海淤积成苏南大地,小岛也就突兀在平地上。经受了岁月的洗礼,绿树成荫,演绎了著名的吴越争霸,一座剑池深藏着许多历史谜团。仅仅崖壁上刻有的篆文"剑池"二字,传为大书法家王羲之所书,价值不可估量。因为有着如此深厚的人文底蕴,虎丘也就成了苏州的地标和象征。可惜的是,后来再坐火车,同一条线路,再也看不见虎丘。虎丘太矮了,早已隐没在尘世的繁华之中。

(1969年10月第一次看见虎丘,1971年第一次登上虎丘)

七、沧浪亭

记得第一次游玩沧浪亭,还是五十年前。我大约是想做云游道人,在苏州城里的石板小巷上踽踽独行。小河沿着小巷静静地流淌,那时的河水非常清澈,可以见到水中嬉游的鱼虾和倒映的白墙黑瓦的民居。波光粼粼中,最不易看清的是勤劳秀丽的苏州女子的倒影,最容易听到的是水桥上像糯米一样清爽软绵的吴语。

沧浪亭是苏州最古老的园林,颇具宋代风貌,就在这一池河水的对岸,一座石板桥把世俗的生活和隐士的仙境联系起来。我记得当时的门票是一毛钱,那个年代足够一个人一天的小菜开销。园内十分空旷,不敢说是空无一人,但感觉就像只有我一人。

没有进门之前就觉得沧浪亭造园艺术与众不同,一泓绿水绕于园外,大门边的一道围墙向后挪了三尺,走廊在围墙外。倚着栏杆,可以尽情欣赏对岸的风景,春看风摆杨柳,夏听蝉鸣浓荫,秋折残荷戏鱼,冬捧飞雪赏梅。漫步过桥,入园内,迎面一座土山。山上修竹纤纤、古木森森,山顶上便是翼然凌空的沧浪石亭。登上沧浪亭,更可以看出这园子与别家不同。中国园林看苏州,苏州的园林各具特色,一般以模仿自然山水为胜,园中布局往往以水为脉,假山楼阁环绕四周。而这里以山为脉,水系设在围墙外,从亭中向四野眺望,"漠漠水田飞白鹭"的江南景色尽收眼底。直到看见园林简介,方才明白造园之人当初为何买下这座荒废多年的园子,重新修建。要知道当年沧浪亭离苏州有一段路,属于郊外。园主看中的就是远离尘嚣的这份野趣吧。他也深知园林的奥秘,再大的园林也无法囊括所有的景色,于是处处借景造园,留出空白,把人工之美和自然之美巧妙地连接成一体。沧浪亭园名取自"沧浪之水清兮,可以濯吾缨;沧浪之水浊兮,可以濯吾足"之意,委婉地告诉世人:身在山野,心在朝堂。

(1971年秋到沧浪亭)

八、网师园

这首《蝶恋花》在《词综》中归于冯延巳名下,而现在提到这首词都归于欧阳修名下。

庭院深深深几许,杨柳堆烟,帘幕无重数。玉勒雕鞍游冶处,楼高不见章台路。

雨横风狂三月暮,门掩黄昏,无计留春住。泪眼问花花不语,乱红飞过秋千去。

第一次读到这首词,仅仅从概念上知道了富贵人家的庭院很深,并不是可以随意进出的地方,却不理解庭院到底有多深,怎么一个深法。不就种了几棵树、修了几间楼台、挖了一座池塘吗?中国的古典戏剧中常常会出现某小姐和某书生在后花园私定终身的场景,而后两人历经一番波折,喜结连理。这很容易让人误解,以为富贵人家的后花园就像人民公园的恋爱角,可以随意进出。

等我逛遍苏州的园林,走进网师园,这才体会到庭院能有多深。庭院有多深,戒备就有多深。这座园子是苏州最小的园林,名声也不如沧浪亭、留园,更不用说拙政园了。它的造园方法按照营造法中规中矩。园中一泓湖水，亭台楼阁环绕四周。这是典型的私家园林，有一巷道通往住宅楼群。如果说这座园林也有理念的话，你看看园林四周的高墙，没有一扇通往外面的园门，也没有一扇漏窗，外面休想看到里面，里面休想看到外面。我望着这道高墙，不禁心想：如果真有一个意中人住在这深院中，起码要练几十年的轻功才能入园见她一面，也就是说任何人休想在后花园私定终身。可见古代的大家族早已想好了防范张生之类的手段。把孔孟之道的礼教彻底体现在园林建筑上，禁锢的不仅是女性的行动自由，更是她们的思想自由。所谓的后花园私定终身，不过是写手们吸引眼球的手段，现实中绝对不会发生。某小姐只好"泪眼问花花不语，乱红飞过秋千去"，但绝对飞不过高墙去。

那么，怎样才能和小姐私会呢？王实甫就很会安排，把张生和崔莺莺的故事背景放到一个兵荒马乱的年代。崔莺莺不得不走出深院，居住在一座寺庙中，给了张生相见相会的机会。要让故事有合理的铺垫和背景，才能显现高手的谋篇布局。

（1971年秋到网师园）

九、枫桥

我坐那种有着巨大车头的老式公共汽车来到枫桥，只是为了看一眼张继笔下的枫桥。石板的河沿，石头的栏杆，石砌的枫桥，在五十年前的江南是最平常的风景。别处的石桥一样走过在淅淅沥沥小雨下挑着货担的小贩，别处的石桥旁边也有古刹名寺，别处的石桥一样也有明月圆缺寒霜凝结，别处的石桥也有捕鱼船的灯火，但是没有一座石桥可以和枫桥相比，它披上这层浓浓的夜色，柔柔的相思，淡淡的忧愁，一路升华，高不可攀，只能仰望。

月落乌啼霜满天，江枫渔火对愁眠。
姑苏城外寒山寺，夜半钟声到客船。

我初次读到这首诗的时候还是个懵懂的少年，只不过看到评论家说好，便跟着说好，但究竟好在哪里，其实一无所知。据推测，张继看到枫桥的时候大概也就二十来岁，和我们这代人一样，经历了国家的动荡，自身的沉浮，前程渺茫。当我走在空无一人的枫桥边，仿佛张继就坐在客船中，手捧一卷古书，用湖北话问我："你读懂了吗？"

我说："刚开始读懂一二。你怎么会孤身一人来到苏州？"张继笑:"你不也是一个人吗?"我说:"枫桥在这里应该是封桥,你湖北人听苏州话听岔了。"他一笑:"有可能。我在湖北好好的,长安大乱,不得不流落江南。苏州话妙不可言,我把封桥改成枫桥,是觉得封字太硬,枫字才美上加美,和苏州话的软糯相配。"我说:"你怎么会在半夜听到寒山寺的钟声。只有大年三十的半夜零点,庙宇才会撞钟。难道你写这首诗时,正好年夜。"他一笑:"我也忘记了哪天写的。大概是一个深秋的夜晚。现在寒山寺半夜敲钟吗?这个并不重要。"

张继说:"读诗有三种层次。第一层次是较真,你问我的来历,你考证枫桥还是封桥,都是较真。那是考据注释者的事,不是读诗人的事,也不是写诗人的事。"

我说:"这首诗把枫桥的夜景写得空灵清幽,占尽江南的风情,一切都在描绘的风景中,巧妙地用景色深藏你当时的情感。半夜无眠的人一定是心事重重的人,坐在客船中,遥望残月,渔火明暗,可能在想动乱的大唐何时安定,可能在想远在千里之外的家人何时安康,可能在想学富五车什么时候才能派上用场,可能在想打鱼人劳作了一天能不能吃上一口热饭,可能在想月亮为什么会有阴晴圆缺……如果都写实了,可能就少了一种滋味,也就是少了一种意境。意境是一种无法言说只可意会的境界,所以诗的表达只要写出境界,让意思包含在所描写的景物中,留的余地越大,想象的空间越大,那么意境也就更深更广更丰富,所作的诗也就更成功。"

张继说:"好!你达到了第二个层次——意会。"

我问:"除了意会,还有第三个层次吗?"

张继说:"我也没有想到这首诗在日本家喻户晓。日本人说这诗有禅意。我大吃一惊,我是一个世俗之人,并不诵经烧香,怎么会有禅意。后来一想,日本自从鉴真大师东渡后,从唐代开始一直学习中原文化,他们派来的往往都是僧人,对佛法十分痴迷。当这首诗传到日本,他们就是从字面上来理解这首诗,有寒山寺,有夜半钟声,有孤舟旅人羁绊,他们不会知道是枫桥还是封桥,更不会去较真。他们或许不会像你那样说出一大堆引申的意义,他们或许认为,在寒山寺旁边系泊的旅人,应该抛弃世俗的一切什么也不想,静静地坐在那里等候钟声敲响,等候钟声里的启示。"

顿一顿后他继续说道:"这就是读诗的第三个层次——心悟。每个人的心悟各不相同。即使是同一个人,或许再过几十年,经历了更多的世事,再读这首诗,领会到的意境又不同了。好诗都是如此,每次读都有不同的体会,每个人读到的体会又是各不相同。连我自己读这首诗,心情都和当时大不相同。二十岁时站在枫桥上,或许你身世沉浮感到悲哀,或许你觉得桥下的河通三江达四海,正是扬帆起航的时候,寒山寺的钟声仿佛是催人奋进的号角。四十岁时站在桥上,或许你春风得意正是大展宏图的时候,或许你落魄潦倒四处漂泊,寒山寺的钟声仿佛是盲人手中的铃铛,时刻提醒你注意脚下。六十岁时站在枫桥上,或许你还是心有不甘,或许功名利禄早已看淡,生离死别早已看开,寒山寺的钟声就是清越的梵音,洗净你的心灵。八十岁时站在枫桥上,无论穷困还是富有,低贱还是高贵,闻达还是落寂,桥还是这座桥,河还是这条河。月落乌啼,那是自然界的规律;客船渔火,那是人世间的法则。其实,生前身后都可以像寒山和拾得问答中所说的'一切随它'。正如你说的,现在寒山寺的钟声响于年夜,那么你满心欢喜等待的钟声便是虔诚的祈祷,是衷心的祝福,意味着新的一天,新的一年又要开始了。"

张继若有所思,又说道:"这首诗借了寒山大师的光。寒山寺原来是妙利普明塔院,自从高僧寒山和拾得来到此处当了主持,才改为寒山寺。寒山大师是有名的诗人,他的诗简单明了,深得日本人喜欢。你再读这首诗的时候,不妨少猜测不考据,越简单越好,就从字面上描绘的场景,看看能悟出什么。"

(1971年秋游于寒山寺)

十、蠡园

一条长廊横卧在五里湖边,任凭湖水拍打石砌的堤岸,晴空下,北风也有了暖意。风中好似飘来两千多年前古越国的战鼓声、欢呼声、马车声,越王勾践的大军杀入吴国王都苏州城内,风中也传来战败者的惨叫声。勾践发出胜利者的笑声,命人把夫差从坟墓中挖掘出来,亲自鞭尸三百,一吐多年来郁结的愤恨。

范蠡站在湖边,神态凝重。那时的五里湖芦荻萧萧,并没有一亭一阁,更不要说这条建于1952年的长廊。也就是说,那时的五里湖是鲜有人迹的荒野。岸边停着一艘渔船,渔夫很有耐心地等着范蠡的决定。范蠡在思索什么呢?或许在等什么人。越王灭了吴国,范蠡居功至伟,眼前有两条路可选:一条是去享受现成的荣华富贵,另一条是急流勇退归隐江湖。

当年越国被吴国打败,越王勾践成了俘虏,范蠡自告奋勇陪同勾践作为吴王的奴隶,亲眼见到勾践如何忍辱负重,为吴王夫差尝试粪便的滋味。吴王以为这样一个没有人格没有尊严只想保命的人,必定丧失了野心和斗志。勾践得以保全性命回到越国,这就有了后世称赞的卧薪尝胆。而这美誉的背后,其实是不择手段。这样的奇耻大辱,越王肯定时时挂在心头,肯定不想让任何人知道,哪怕这个人是与他共患难的左膀右臂。

范蠡深知越王是怎样的一个人。他知道越王一旦得势,定然是容不下自己的。自古王者都是可以共患难不可共享福的,尤其不可分享权力。何况他是知道越王耻辱经历的人。

在越王勾践要灭口的名单中,包括夫差的妻妾,也包括当初他精心挑选进献给吴王的八位美女,其中自然就有西施。太湖浩荡,这些弱女子,每人一根麻绳、一块花岩,沉到水晶宫中,再多的秘密也必化为乌有。

太湖浩荡,碧波荡漾,晨雾迷茫,该走了。一叶渔舟,一壶浊酒,一件蓑衣,有谁知?天地之间,在水一方,多了一个陶朱公。

范蠡还不走,他在等谁?在后世的传说中,范蠡站在五里湖边,就是在等心爱的西施。

据说西施是越国的一位民女,自由自在采桑纺麻,织成布后在若耶溪漂洗。可以说是一位勤劳的乡村少女。范蠡是楚国人,不为楚王所用,就跑到吴越的地界上碰运气。大概是天注定,范蠡和西施在清澈的溪水边相遇,一个为天生丽质倾倒,一个为惊世才华折服,两人对天发誓相亲相爱一辈子。也有的人说范蠡是苏州人,早已听闻西施的美貌,一路找到苎萝村。哪怕在古代,从苏州到诸暨苎萝村,只不过隔了一个太湖,一条钱塘江,走水路也很方便。他们究竟怎样认识的,完全可以凭想象来填充。范蠡是不是真的认识西施,也大可怀疑。中国的老百姓真是十分善良而富有同情心,把范蠡和西施说成有崇高觉悟的人士,为越国的复兴做出了不可想象的牺牲。在我看来,以范蠡的聪明才智,真为西施倾倒,完全可以带着西施远走天涯,何必为了他人的野心奉献自己心爱的女人,这不合逻辑也不合情理。

一个浣纱的民女忽然之间能歌善舞,琴棋书画无所不精,排在中国四大美女之首,迷醉了吴王夫差,让他忘记了东南方向虎视眈眈的复仇者。真相究竟是什么,似乎已然不重要了。人们口口相传的故事或许可算是对西施悲惨命运的补偿。

中国的文人用了那么多美妙的文字来赞誉四大美女,但也无法掩饰她们令人唏嘘的命运。西施被沉溺太湖,与鱼作伴。王昭君出塞和亲三十多岁病逝在大草原,为她哀鸣的只有孤雁。貂蝉是罗贯中虚构出来的美女,一丝芳魂归于冷月。杨玉环按现代的审美标准不过是一个胖妞,被勒死在开满野花的马嵬坡。

蠡园之名就取自范蠡和西施的传说。当地的老百姓深信不疑,范蠡和西施就是在五里湖同船共眠,隐姓埋名浪迹江湖,朝起静听雨打荷花,晚间同看湖上明月。五里湖也改成了蠡湖。

如果范蠡不是在等西施,究竟在等什么人呢?最大的可能是在等灭吴的功臣——他的同事文种。飞鸟尽良弓藏,狡兔死走狗烹。这是范蠡留给文种的忠告。可是文种对范蠡的忠告一笑了之,最后拿起越王赏赐的宝剑自刎而死。

(约 1974 年游于蠡园)

十一、无锡梅园

　　梅花以它傲霜斗雪的品格深得中国人的喜爱,在许多地方都有大小不一的梅园。无锡梅园以历史悠久、品种繁多著称。那年,我玩过蠡园后,坐上摆渡船,直达东山无锡梅园。

　　船上还有七八个中年人,模样文绉绉的,听一位无锡本地人介绍梅园的景点。我记得这位长者提到梅园有左宗棠的一副对联:发上等愿,结中等缘,享下等福;择高处立,就平处坐,向宽处行。这副对联似乎和梅花毫无关系,却蕴含着深刻的哲理。

　　我很庆幸,每次出门旅行都会碰到各种各样的民间高人。在我受的教育中,只知道左宗棠是个杀人如麻镇压太平天国的刽子手。这位长者一定是个学识渊博、独立思考的人,我很想听听他的见解,于是跟在他们后面。可惜,长者说话轻声轻语,我又不能跟得太近,他的声音犹如湖上的薄雾,若有若无。

　　沿着上山的路走了一圈,好像没有什么特别的景点。只记得梅树连缀,繁花成锦,暗香扑鼻,难得地杂有几间亭子。不过我在梅园中并没有看到这副对联。

　　多年后读到人们经常引用的左宗棠的另一副对联:身无半亩,心忧天下;读破万卷,神交古人。

后来上海也有新建的梅园,无锡梅园渐渐从记忆中淡薄了。几次到无锡,新景点都玩不过来,再也没有去过这个老景点。

再次想起无锡梅园,是二十多年以后,空气中弥漫着浓烈的孜然、羊肉、哈密瓜、野花等各种香味。我坐在伊犁河边,就像坐在诗意盎然、色彩浓郁的油画中,不由得想起俄国画家列维坦①笔下的金色秋天,河流、树林、草垛、木屋组成一幅幅风景画。眼前是潺潺流水和夕阳下绚丽的霞光,河边昂然挺拔的胡杨和白桦,生机勃勃。远处是低头吃草的牛羊,那片绿色的草原和鲜艳的花朵,在暮色中渐渐朦胧迷离。水和光还有树木的倒影交织在一起,斑斓多彩,变幻莫测。耳边是维吾尔族的手鼓声和哈萨克风情的歌声,"伊犁的天上有一轮明月,伊犁的河边有一位姑娘。你的目光那样明亮,你的长裙那样漂亮。我是山巅上的雄鹰,永远停留在你的肩膀。我是草原上的骏马,永远相伴在你的身旁……"

在伊犁河边,在白桦树林中,简单的一座木栏杆的凉亭,一座帆布帐篷,一间木板小屋,就是不同风味的餐厅。你可以坐进帐篷里品尝蒙古奶茶,也可以看到俄罗斯汉子烤制的正宗列巴,还可以吃到酸酸甜甜的糖醋排骨。一到大雪封山的季节,没有了游客,这些凉亭帐篷也就都消失不见了。

接待我们的是一位维吾尔族中年人,他很自然地带我们来到维吾尔族风味的餐厅。一座长方形的凉亭里,放着长条桌,客人越多,酒桌越长。端上桌的菜肴,品种多少倒是其次,一大盆的量实在让人震撼。羊肉是必不可少的,葡萄也是下酒的菜。他早已按捺不住,双脚踩着鼓点打着拍子,双手举着两只酒杯,他的面前竖着一瓶伊犁白酒。按这里的酒桌文化,再多的客人,也就两只酒杯。东道主会把酒斟好,一杯递给第一位客人,一杯是他自己的。一干而尽,等你喝干

---

① 列维坦(1861—1900),创作多表现俄国大自然景物,用笔洗练,色彩明丽,情感深切,对后来俄国风景画的发展有较大影响。代表作有《小白桦树林》《金色的秋天》等。

后,再斟两杯酒,一杯是第二位客人的,一杯是他自己的。当客人回敬时,也是这两只杯子。一圈下来,半斤白酒下肚了,可见维吾尔族人的好客和豪爽。在这份热情和美酒面前,你不喝酒也会醉倒。

星光下,在流水声中,在哈萨克族民歌声中,他跳起维吾尔族舞,快速地蹲下又弹起来嘴里还说道:"来吧!来吧!到了新疆不跳舞,怎么可以说来过新疆。来吧!我教你们最简单的舞步。"

那真是一个迷人的晚上。和小桥流水、烟雨朦胧的江南完全不同,也和川流不息的湘江完全不同,虽然抬头看见的是同一轮明月。忽然想到无锡,想到无锡梅园,没有左宗棠,怎么会有这个难以忘怀的伊犁之夜?

1864年,清廷终于了结了太平天国的战事,彼时大半个国家经历了十多年的动荡,满目疮痍,民不聊生。1865年,阿古柏入侵新疆。1871年,沙俄趁火打劫霸占了伊犁。清廷还没有从第二次鸦片战争中缓过气来,日本又在蠢蠢欲动。内忧外患,朝廷中爆发了海防和塞防之争。左宗棠拍案而起,一针见血指出:若新疆不固,则蒙部不安。不仅陕甘晋各边时虞侵轶,防不胜防,而且直北关山也将无安眠之日……弃西部即弃中国。

海防的领军人物是李鸿章,塞防的领军人物就是左宗棠,都是慈禧倚重的大臣,洋务运动的代表人物。

康熙皇帝曾经为了西北的安稳,不惜将小女儿送给噶尔丹和亲。后噶尔丹叛乱,康熙御驾亲征,三次方予平定。到了乾隆时期,乾隆皇帝与大小和卓展开新一轮的战争,前后七十年,新疆才肃清叛贼安定下来。

1875年,慈禧把收复新疆的重任交给了左宗棠——这位六十多岁的老人,也算给了区区五百万银两的军费,其他自己想办法。

收复新疆,不是一腔热血、几句豪言壮语就可以办到的。左宗棠定下的方针是先北后南,先要安定北疆,再进军南疆,缓进速决。第一件事是筹措粮草,精确计算每名士兵的口粮,以及运送军需的骡马的费用。第二件事是仿制德国的火炮,用最好的装备对付最凶残的敌人。第三件事是精兵简政,对来自湘江两岸跟随他多年的子弟兵进行精简,赋予各路大将灵活运用战术的自主权。左宗棠足足做了一年多的准备工作。

1876年,左宗棠誓师出征,出发的军列中有一口左宗棠为自己准备的黑漆棺材。同年底,收复北疆。次年,进军南疆。1878年,新疆除伊犁之外全部收复。1880年,近七十岁的左宗棠再次出征,对沙俄形成威慑。1881年,《中俄伊犁条约》签订。次年,沙俄正式办理交还伊犁的手续。

左宗棠收复新疆的事迹像一本流水账,但在这本流水账的后面,都是不可想象的艰难险阻,都是汩汩流淌的鲜血和熊熊燃烧的火焰。我从上海坐飞机到乌鲁木齐大约四个半小时,从乌鲁木齐到伊犁大约1400里,开着汽车去也要一整天。左宗棠所处的年代靠的是双腿,即使从酒泉算起跋涉在戈壁沙漠也有几千里。左宗棠的缓进速决,是用士兵的两条腿跑过阿古柏的军马,出其不意,长途奔袭,一击必中。在这片广袤的国土上,军队人生地不熟,没有当地民众的支持,很难想象怎么去长途奔袭。左宗棠站在乌鲁木齐的城头,遥望天山时,听到冬不拉明快的节奏,或许会想起唐代的边塞诗,想起李白的诗句:"明月出天山,苍茫云海间。长风几万里,吹度玉门关。"左宗棠在空旷的沙漠中度过漫漫长夜时,在铮铮的琵琶声中,或许也会高声吟诵岳飞的《满江红》:"三十功名尘与土,八千里路云和月。"沙漠夜空上的月亮要比湘江夜空上的月亮更大更圆,照见千顶营帐,千堆篝火,百门火炮,也照见征战将士坚毅的黑脸膛和两行滚烫的思乡泪。

当美、英、法等国得知沙俄归还了伊犁,都大为震惊。回过头来看,左宗棠的历史功绩,时间越久,价值越大。遗憾的是,左宗棠没有能踏上伊犁河谷,畅饮葡萄美酒。

(1974年第一次到无锡梅园)

十二、瓜洲渡

我和几位同事出差回来,开着一辆小车,抵达瓜洲渡时尚是白天,脑子里闪过"潮落夜江斜月里,两三星火是瓜洲"这一句诗。白天当然看不到星火,只见大车小车宛如一条长龙,在宽广的砂石马路上等候摆渡过江。马路两边是高大的白杨还是杉木,我现在已经想不起来了,只记得秋色已浓,树木萧疏。那座写着碑文"瓜洲古渡"的亭子看上去也极其平常,也是路过时扫了一眼。回来后翻出了唐代张祜所写的《题金陵渡》,原来它并不是直接描写瓜洲渡的,而是描写瓜洲渡对岸镇江的金陵渡:

金陵津渡小山楼,一宿行人自可愁。
潮落夜江斜月里,两三星火是瓜洲。

诗的含义也很好理解,古代行旅不便,一走便是几个月,乡愁一天比一天厚重,无法排解。想要摆渡到瓜洲去,只能借助一艘小舢板,靠人力划过去,波涛之中,上下起伏,难免生出种种担忧。而我摆渡的轮船能装下几十辆汽车,任凭波涛拍打,如履平地,过了江再开几个小时就到上海家中了。现代人的距离感和古代人的距离感完全两回事,因此很难体悟到张祜彼时的心境。

长江两岸的渡口数不胜数,我也有机会到过好几个重要的渡口,但在我的记忆中,只对瓜洲渡留下了深刻的印象。倒不是因为瓜洲渡的风光特别,而是瓜洲渡历史悠久,从古到今瓜洲渡都是南北交通要道,走过无数文人墨客,留下太多有名的诗词。长江虽然不像黄河会大幅度地改道,但也有南岸塌,北岸涨,北岸塌,南岸涨的情况。一个渡口在数千年的时间,任凭狂风吹打,任凭激流冲刷,屹立在原处,足以证明这里的地质,也足以证明古人的智慧和眼光。

说到直接描写瓜洲渡的名诗,可能当属北宋王安石的《泊船瓜洲》:

京口瓜洲一水间,钟山只隔数重山。
春风又绿江南岸,明月何时照我还?

王安石变法失败,被贬回老家金陵闲居。数年后皇帝又想起他来了,又命他回京。王安石北上汴京,一改往常,不是从金陵直接渡过长江,而是坐着官船来到瓜洲。当他站在瓜洲渡口回望对岸镇江的京口,心情复杂,便写下了这首诗。他北上汴京,心里牵挂的依然是变法,心想能否就像这春风吹绿大地,变法也能取得成功呢?这次北上,什么时候回到故乡呢?故乡是每个游子惦念的地方。撇开这首诗的写作背景,站在满载乡愁的船上,我们都会产生同感。为写这首诗,王安石留下一个著名的炼字典故。"春风又绿江南岸"中的"绿"字,据说用过"到、过、入……"十余个字,最后选定"绿"。把形容词当成动词用,生动而又精准地描绘出春回大地的气象。

白居易也曾到过瓜洲渡口,留下一首《长相思》:

汴水流,泗水流,流到瓜洲古渡头,吴山点点愁。
思悠悠,恨悠悠,恨到归时方始休,月明人倚楼。

初读这首小令,我只觉得很美,但对白居易为什么用"汴水流,泗水流"来开头一直没有弄懂。汴水在河南,泗水在山东,好像都没有流到瓜洲。后来才知道,这首看似描写普世情感的小令也是有特定思念对象的,就是"袅袅多年伴醉翁"的侍妾樊素。

白居易在杭州当了三年刺史,身边有"樱桃樊素口,杨柳小蛮腰"两位小妾相伴。樊素是杭州人,善歌《杨柳枝》,又做得一手精致的杭州菜肴,身上有着江南女子特有的温柔和细腻。白居易出生在河南,身上有着北方人的豪迈和爽朗。任期满了,白居易带着樊素北上回洛阳复命。一过长江,似乎西北的风沙吹到了樊素的眼中,手中的白面馍馍怎么也咽不下去。也许就是南北方生活习惯的不同,樊素自求离去,重回杭州。白居易在洛阳的某个月夜,独自走上小楼,遥望江南,无限伤感涌上心头,无限相思随着汴水流到瓜洲古渡头,再流到大运河,流到杭州西湖。

南宋的李好古也来过瓜洲渡口。一个平淡无奇的古渡口,十多里外就是扬州城,历史上发生过多次惨烈的战争,无数只铁蹄都在这里践踏过,因为它是南下北上的战略要地。它见证过金人的铁蹄越过长江,见证过中原百姓扶老携幼逃难的惨状。李好古望着滔滔江水,心潮起伏,想起前辈辛弃疾站在北固山吟诵慷慨激昂的词,或许也有同感,于是提笔写下:

瓜洲渡口,恰恰城如斗。乱絮飞钱迎马首,也学玉关榆柳。
面前直控金山,极知形胜东南。更愿诸公著意,休教忘了中原。

历来写瓜洲渡的诗词大都和个人经历有关,有感而发。但李好古的这首《清平乐》独树一帜,视角更为远大。然而有着如此胸襟的李好古却是一个默默无闻的普通人,史书上甚至查不到他的生平经历,也无法知道他哪一年为了什么来到瓜洲渡。只知他生活在南宋晚期,诗词学的是苏轼和辛弃疾的风格,三位诗人同样为国忧为民忧,但李好古的诗更为通俗易懂,明白如话。一个普通人能有如此胸怀,不能不叫人佩服。他的词历来被人忽视,我查了一下《词综》和《宋词选》,都没有收录他的词。但也有人眼光独到,不为名人诗词所惑,把李好古的《清平乐》列为描写瓜洲渡诗词的第一位。我们不妨对一个普通人的诗词多关注一点,再读两首他的诗词。

《谒金门》
花过雨,又是一番红素。燕子归来愁不语,旧巢无觅处。
谁在玉关劳苦?谁在玉楼歌舞?若使胡尘吹得去,东风侯万户。

《江城子》
平沙浅草接天长。路茫茫,几兴亡。昨夜波声,洗岸骨如霜。千古英雄成底事,徒感慨,谩悲凉。
少年有意伏中行。馘名王,扫沙场。击楫中流,曾记泪沾裳。欲上治安双阙远,空怅望,过维扬。

我们可以读出一个普通人的雄心壮志:"少年有意伏中行。馘名王,扫沙场。"也可以读出一个普通人报国无门的惆怅:"欲上治安双阙远,空怅望,过维扬。"更可以读出一个普通人的愤懑:"谁在玉关劳苦?谁在玉楼歌舞?"而今战火已然消弭,润扬大桥就在瓜洲古渡边上,往来的车辆无须费劲费时再去摆渡,大桥把镇江和扬州连成一体,瓜洲渡迎来了少有的寂寞和清静。往日的繁华悄悄地藏进长江的波涛声中,厚重的历史掩埋在坚硬的地表之下。但是,有这些诗词在,瓜洲渡的历史就在。

(约1998年经过瓜洲渡)

十三、北固山

北固山,扼守着长江不曾移动一丝一毫,走过无数的英雄好汉,走过无数的寻常百姓。人们熟知的孙权和刘备都曾登临北固山。1162年辛弃疾就是在瓜洲南渡长江,登上北固山,回首遥望对岸,瓜洲渡和扬州近在眼前,济南仿佛远在天边。辛弃疾是济南人,生于1140年5月,那时中原已为金兵所占。二十一岁参加抗金义军,向首领耿京建议归附南宋。登上北固山时辛弃疾是作为耿京的代表南下,肩负重要使命的他自然会想起三国的英雄,特别是孙权,执掌吴国对阵曹操、刘备时,年龄和他相仿,不过二十多岁。想着想着,辛弃疾浑身的热血不由得沸腾起来,于是提笔写下《南乡子·登京口北固亭有怀》:

何处望神州?满眼风光北固楼。千古兴亡多少事?悠悠,不尽长江滚滚流。

年少万兜鍪,坐断东南战未休。天下英雄谁敌手?曹刘,生子当如孙仲谋。

辛弃疾不但写了词,以表心迹,更重要的是写了他认为的抗金对策。高宗皇帝一边表扬辛弃疾的义举,一边把辛弃疾写的抗金陈述随手扔掉。还没有等到辛弃疾返回山东,耿京便被叛徒出卖。辛弃疾一怒之下率五十精兵,杀入金营,生擒叛徒张安国,带回南宋交由皇帝处置。尽管辛弃疾效力南宋朝廷,在江西、湖南、福建、浙东等地做过官,但他命运多舛,壮志难酬,一直遭到朝内主和派的排挤打击。

元宵之夜,杭州城里火树银花,家家户户张灯结彩,富裕人家宝马雕车载着女眷出门赏灯,平民百姓欢欢喜喜结伴看灯。但有一个人踽踽独行在大街边沿灯火阑珊处,满怀惆怅,这个人就是辛弃疾。也就在杭州等候皇帝召见的日子里,他写下了《青玉案·元夕》:

东风夜放花千树。更吹落,星如雨。宝马雕车香满路。凤箫声动,玉壶光转,一夜鱼龙舞。

蛾儿雪柳黄金缕,笑语盈盈暗香去。众里寻他千百度,蓦然回首,那人却在,灯火阑珊处。

这首词描绘了正月十五的热闹景象。一提到杭州,一提到元宵节,很多人都会引用这首词。灯火阑珊处的那个人究竟是谁?也许是笑语盈盈的她。辛弃疾在元夕的晚上看到美丽的她,触动了柔软的情感。也许是作者自己。在元宵之夜,到处是结伴游玩的人群,如此美景之中,诗人感到分外孤独。诗人为什么会感到孤独呢?对一个有抱负的曾经参加过抗金的南宋官员来说,怎么会把杭州当成汴京呢?他只能在灯火阑珊处暗自叹息。

1180年,辛弃疾刚满四十岁,官职遭人弹劾罢免,闲居在江西上饶种田种菜,"稻花香里说丰年,听取蛙声一片"。直至暮年被起用,其间再次登上北固山,彼时辛弃疾已经六十六岁。山还是这座山,但已人事皆非,南宋皇帝也换了好几个。辛弃疾回首往事感叹万分,写下《永遇乐·京口北固亭怀古》:

千古江山,英雄无觅,孙仲谋处,舞榭歌台,风流总被,雨打风吹去。斜阳草树,寻常巷陌,人道寄奴曾住。想当年,金戈铁马,气吞万里如虎。

元嘉草草,封狼居胥,赢得仓皇北顾。四十三年,望中犹记,烽火扬州路。可堪回首,佛狸祠下,一片神鸦社鼓。凭谁问:廉颇老矣,尚能饭否?

辛弃疾一心准备北伐,然而不久又被罢免,1207年秋病逝在上饶。这首词历来评价很高,是稼轩长短句的压轴之作。自此北固山不仅有了三国故事,也和一个诗人紧密地联系在了一起。

(约1972年第一次登北固山)

十四、焦山

我去过镇江几次，当时拜访的第一座山便是焦山。那还是五十多年前，坐着绿皮火车回家探亲。绿皮车是慢，但好在可以改签。坐到某个站点下车办事也好、闲逛也好，车票改签后不作废，到点再上后一趟列车，继续出发。那次在镇江改签后距出发时间有几个小时，刚巧金山和北固山都在市区，交通比较方便，我索性先去焦山了。

五十多年前的焦山，保持着原始的风貌，甚至有些破败。山不高，耸立在长江之中，江水激荡，浪花飞溅。寺仍在，深隐于山坳当中，大门紧闭，寂静无声。碑林和摩崖石刻任凭日晒雨打，沾满了岁月的风尘。不经意间走到山的东侧，地势渐低，有一平台，呈一扇面，修了八座炮台，面向一览无遗的长江，这就是焦山炮台，这也是我第一次见到古代的炮台。可以看出这里许久没有人打理过，杂草丛生，似乎有让其自生自灭的感觉，和今天的胜景完全不同。站在崖壁上，脚下乱石嶙峋，石缝中杂树奇崛。江水拍打着乱石发出低沉的吼声。传说焦山是因东汉焦光隐居在此而得名，宋代抗金名将韩世忠在此修建营垒立下赫赫战功。鸦片战争爆发后，清政府为加强长江下游的防务，决定修建焦山炮台。1842年，英国侵略者发动所谓"扬子江战役"，直逼镇江和南京。时任镇江副总领的海龄率领青州兵和旗兵奋力抵抗，但因寡不敌众，炮台失守，守卫焦山的军民全部捐躯，海龄也自焚殉国。

这些清朝的将士视死如归，可是残酷无比的战争不是光凭勇气就能取胜。民间传说朝廷在讨论英军和谈的条件时笑话百出。譬如五口通商，天津、宁波、广州、福州历来是重要港口，把当时还是一个小县城的上海列为通商口岸，清朝的大臣百思不得其解。至于割让香港，大臣们甚至都不知道在哪儿。后来听说是一个荒僻的孤岛，大臣们都露出笑容，觉得那是英国人在自我流放。1842年8月29日，在英军的炮舰上签署了所谓的《南京条约》，中国的近代史就此翻开屈辱的一页。

彼时这群大臣一直沉湎于天朝上国的幻觉中，对现代科学技术一无所知，对现代国家理念一无所知，对外部世界也一无所知，闭关锁国，鼠目寸光，甚至可以说是愚昧无知。但若说无知，他们四书五经、祖宗家法、皇上圣谕，都是倒背如流，都是在科举考场上靠八股文脱颖而出的"天之骄子"，深谙官场之道。可彼时世界已经不是八股文的天下，四书五经早已是废纸一堆。

（约1972年游于镇江）

十五、燕子楼

　　如果萨都剌现在来到徐州,会见到燕子楼坐落在一个小岛上,绿树掩映,绿水环绕。小楼飞檐翘角,只是一座仿宋的现代建筑,和我心目中的燕子楼相差甚远。现代城市总有一种千篇一律的感觉,到处是高楼大厦,直上直下,没有给燕子留出遮风挡雨的生存空间。可能萨都剌再早几十年来到徐州,还能看到泥墙茅草顶的住房。燕子不会嫌弃这些简陋的茅屋,它们在茅屋的檐下衔泥筑巢,双双对对,呢喃叽喳,辛勤哺育雏燕,完成每一代的使命。那些富丽的楼堂馆所燕子也不会羡慕,因为它们只需要小小的一个角落。没有燕子的燕子楼,萨都剌只能一声叹息。

　　七百年前,牡丹花开的季节。春风浩荡,暖意融融,柳丝无力,杏花正肥。萨都剌骑在马上,敞开大氅。特特的马蹄声,如同在为晴空里鸣叫的雁鹤打拍子,漫天的杨花扑面而来,徐州城就在眼前。徐州古称彭城,是一座很有历史感的古城,名人轶事数不胜数,但我独独记起的却是燕子楼。

　　雪白杨花扑马头,行人春尽过徐州。
　　夜深一片城头月,曾照张家燕子楼。(萨都剌《彭城杂咏》)

萨都剌是元代的画家、诗人,他留传下来的几幅画珍藏在故宫博物馆中。在古代他算得上是长寿的,见证了元朝从盛到败的过程。我从这首小诗中隐隐感受到诗人对历史沧桑的感叹。他在经过徐州时,对燕子楼的轶事产生了联想,发出一声叹息。

那么,这座小楼里有什么让他叹息的轶事呢?

也许是牡丹花开的季节,也许是一个在菊花抱香枝上老的季节,萨都剌仿佛听到白居易与好友张仲素聊起当年在徐州相识的往事,不胜唏嘘。

张仲素,字绘之,河间(今河北)人,说道:还记得徐州节度使张愔吗?你走后不久,他被朝廷任命为尚书,赴洛阳途中病逝,转眼之间,驾鹤西去已经十一年了。当年他也是一个风流倜傥的节度使,为名妓关盼盼倾倒,不惜重金为她赎身,纳为小妾,并在自己的府中建造了一座两层的小楼,状如展翅飞翔的燕子。

张仲素又说道:关盼盼是一个重情重义的女子。张愔故去后,她矢志不嫁,独守空楼,这是我为她写的《燕子楼》三首:

一　楼上残灯伴晓霜,独眠人起合欢床。
　　相思一夜情多少,地角天涯未是长。
二　北邙松柏锁愁烟,燕子楼中思悄然。
　　自埋剑履歌尘散,红袖香消已十年。
三　适看鸿雁岳阳回,又睹玄禽逼社来。
　　瑶梦玉箫无意绪,任从蛛网任从灰。

白居易百感交集。记得那一年,自己不过是秘书省的校书郎,来到徐州,张愔尽主人之谊,摆下筵席。好酒好菜,两人喝了个痛快。酒酣,张愔叫出盼盼佐欢。盼盼身姿曼妙,能歌善舞。白居易夸奖道:醉娇胜不得,风袅牡丹花。一别之后,没有再见过张愔和关盼盼。想不到世事无常啊!我借你三韵,也来唱和三首:

一　满帘明月满帘霜,被冷灯残拂卧床。
　　燕子楼中霜月夜,秋来只为一人长。
二　钿晕罗衫色似烟,几回欲著即潸然。
　　自从不舞霓裳曲,叠在空箱十一年。
三　今春有客洛阳回,曾到尚书墓上来。
　　见说白杨堪作柱,争教红粉不成灰。

萨都剌在想,白居易不愧是高手,留下一段佳话。可是为什么又要多事,写下第四首诗,而且是单独写给关盼盼的呢?

黄金不惜买娥眉,拣得如花三四枝。
歌舞教成心力尽,一朝身去不相随。

关盼盼在燕子楼中,读到张仲素和白居易的唱和诗作,先是喜,后是惊,再是惧。白居易的诗分明在责备她:张愔对你如此深情,你怎么不随张尚书一起去?

萨都剌在想:白居易究竟出于自身何种经历,有了这个古怪的念头,去责备一个孤苦伶仃的弱女子!也许并没有让关盼盼殉葬的意思,只不过是说生死相隔,永无再见之日而已。

那么,又是谁假托白居易搬弄是非制造舆论的高压,这些谜团永远留在历史的迷雾中。可是事情的结局有时候就是因为人们盲目的舆论而不可控制。

燕子楼外,雪白的杨花漫天飞舞,小河边,柳树下,一双燕子低飞。晴空上,彩云间,两行大雁北归。相思尽在梧桐树上,一叶连一叶,一声再一声。燕子楼里,玉炉香尽,红蜡泪干,关盼盼鬓云低垂,眉头紧锁。一个人的所作所为所思所想,有时候很难被人理解。关盼盼铺开纸提起笔写下《和白公诗》:

自守空楼敛恨眉,形同春后牡丹枝。
舍人不会人生意,讶道泉台不去随。

这首诗分明在反诘白居易:当年你夸我像一朵牡丹花,现在的我像春后凋零的牡丹,你还来责备我不去九泉之下陪伴张尚书。你不是我,不会知道我对张尚书的深情,不会知道我活在世上的艰难,不会知道世人口舌的毒辣。你一个堂堂的大文豪难道也以为一个女子的生命比鹅毛还轻吗?

萨都剌只知道,关盼盼写下这首诗以后,绝食而亡。于是,舆论的风向大变,纷纷称赞关盼盼是一个有情义的女子。燕子楼就有了贞节牌坊的含义,屡毁屡建。萨都剌能说什么呢?只能一声叹息。

(20世纪80年代末经过徐州)

十六、泰山

　　登泰山和初见虎丘完全不同,丝毫没有那种震撼和激动的感觉。或许,泰山太过庞大,远远望去,云遮雾罩,无边无际,人在山中,却不觉有山。我坐在旅游大巴车里,大巴车一路盘旋,到了半山坳的停车场,导游说:"上山有两种选择:爬十八好汉坡;坐缆车直达山顶。想看风景还是受累一点好。爬山吧!泰山是皇帝都要去朝拜的东岳,这条石阶山路那是给皇帝修的。你们也享受一下皇帝的待遇。"泰山的每一级台阶都修得精致而平整,台阶的宽度足够容纳汹涌的人潮。每上一个高度都有不同景色可以慢慢观赏。导游一路叮嘱:"看景不爬山,爬山不看景,当心脚下。"脚下是我见过的最宽的登山台阶。导游又说:"这是为皇帝上山修的,不宽行吗?皇帝登泰山绝不会自己爬上去,都是八人大轿抬上去的。前后左右都有护卫。前后怎么都好走,左右不宽一点,你叫护卫怎么走?"

　　我气喘吁吁地爬上山顶,豁然开朗,极目远眺,蓝天可及,云海可掬,千山万峰,渺如沙粒。千百年来所有的登山者登顶时仿佛都会发出感叹,都在重复杜甫的"会当凌绝顶,一览众山小"。或许只有皇帝不会重复杜甫的感叹,想必皇帝从八人大轿上下来,总是精神抖擞,气宇轩昂,仿佛在向天下宣告:天地之间,唯我独尊。

(2004 年登泰山)

十七、刘公岛

从威海坐上船,向外海驶去。导游一个一个清点人数,这一路和她混了个脸熟,说话也就随意许多。我问她:"什么时候干这一行的,累吗?"她说:"大学毕业就干上了。这活好哎,比坐办公室自由多了,空气也好。"那倒是真话,蓝天下海风习习,夏天的骄阳也变得温柔可爱。刘公岛在碧波中正如北洋水师期望的那般,是一艘永不沉没的巨舰,一艘稳重安详的巨舰。在延伸出去的码头上停靠着几艘现代的小炮艇。除了那个军用码头,我们走了一遍刘公岛上每一个地方。我独独对山上的那群梅花鹿印象深刻,它们好像见惯了游人,自由自在地吃草漫步。我对海军提督署更是看得仔细,导游讲得也很仔细。

我问:"这小岛好像孤立在海中,北洋水师为什么把司令部放在刘公岛?"

"那时旅顺口军港还在修建。最主要的,你看看地图就明白了。那时朝鲜半岛还在大清的庇护之下,水师从刘公岛出发,距离日本、朝鲜都是最短的路程。"

我又问:"你介绍说当年北洋水师号称亚洲第一,甲午海战失败了,一般都笼统地归结到腐败的清政府,可是这支舰队不是清政府拿出的银两吗?"

导游扭头面向我,说道:

历史总是有两面,我们总是欢喜对我们有利的一面,有些深层或者不便向公众披露的原因,总是隐藏在历史深处。

这样说吧,1886年(清光绪十二年)8月1日,北洋水师提督丁汝昌率"定远""镇远""济远""威远"四艘巨舰到达日本长崎,名义上靠岸维修,官方上是造访,实质上是威慑日本。北洋舰队靠泊长崎港,引得长崎市民成群结队、扶老携幼前来观望,望着威风凛凛的军舰,无不发出赞叹、愤懑、羡慕的声音。这场声势浩大的实力展示也让日本海军心惊胆战。

8月13日,水师部分水兵上岸购物时违反军纪,前往当地妓院并酗酒闹事,当地警察前去平息事端,两者之间就发生了严重冲突,有一名日本警察被刺成重伤,一名中国水兵负轻伤。8月15日,水师提督丁汝昌命舰队放假一天,数百名舰队水兵登岸,上街观光购物。日本警察和当地浪人有备而来,手持凶器将各街道两头堵塞,围住并追打手无寸铁的清廷水兵。在众殴中,清廷水兵当场被打死5名,重伤6名,轻伤38名,另有5人失踪;而日本警察也有1名被打死,30名警察和浪人受伤。这就是著名的"长崎事件"。

消息传到京内,清廷表现出了非常强硬的态度,李鸿章紧急召见了日本领事明确表示:"如今开启战端并非难事,我兵舰泊于贵国,舰体和枪炮坚不可摧,随时可以投入战斗。"严厉要求日方迅速查清事实真相,严惩肇事者。在北洋水师的坚船利炮下,日方不得不退让。最终,双方达成协议,分别向对方的死伤者支付抚恤金,日方所支付数额大大超过中方。

任何历史事件都是人演绎的。李鸿章其实很清醒,私下说道:"争杀肇自妓楼,约束之疏,万无可辞。"这样一支沾满旧习气的水师,能不能打赢新式战争很难说。李鸿章在向慈禧太后汇报时说:"长崎事件已了结,这是大清国外交上的胜利,您的水师大长了清廷的威风。"李鸿章借机想多要点海军经费。慈禧抿嘴一笑:"你们能不能省省事,让我好好过个六十大寿。"手下大臣心领神会,把本应给海军的1 500万两白银经费挪去建了圆明园。从那以后,北洋水师没有新添和更新过一艘炮舰。

同样是一场争端,同样是皇室,态度却大不相同。日本上下把这份协议视作奇耻大辱。1887年3月14日,日本天皇颁布敕令:"立国之急在我海防,一日不可迟缓。"下令立即从皇室库存中拨款30万日元作为海防捐款。天皇要求自己每日少食一餐,皇室成员节衣缩食。于是日本民众纷纷仿效,不论穷富慷慨解囊,短短半年时间,日本的海防捐资总额就超过200万日元。日本政府又发行了海军公债1 700万日元,从西方采购最新式的铁甲舰、巡洋舰等。仅仅八年时间,日本海军联合舰队规模就膨胀到了42艘。他们的目标就是想尽一切办法打败北洋水师。

结果不言自明。

我问:"你是怎么知道的?"

导游灿然一笑:"俺是山东妞。"

我竖起大拇指:"咱们山东的妞,不但漂亮,而且有真学问。"

(2004年第一次登刘公岛)

十八、上清宫

车一上路,导游说:"今天去崂山玩,时间很充裕。"有返程的人对我们说:"到了崂山去看最大的下清宫就行了,省得爬山。"导游说:"大家可以自行选择,不愿爬山的可以喝喝崂山茶,清凉明目。蒲松龄写的《崂山道士》的崂山就是这里。崂山是道教圣地,有下清宫、中清宫、上清宫。上清宫在山顶,站在大平台上,风景特好,晴天可以看黄海日出,阴天可以看云海浪涌。上清宫的道士有一种爱好——种牡丹。"

"不是洛阳出牡丹吗?怎么崂山也出牡丹。"

"这个……"导游说她也不知道。但她给我们讲了一个传说:

几百年前,上清宫有一个小道士,天天要去砍柴。小道士每天出去就带一葫芦泉水。中午饿了坐在树荫下,吃点干馍馍,喝点泉水。那天,他正在啃干馍馍,小路上迎面走过来两个小姑娘,十六七岁的模样,一个穿白衣,一个穿红衣。见到小道士,小姑娘嫣然一笑:"大哥。今年气候反常,天太热。我们出门忘记带水了,能不能给我们一点。"小道士递过葫芦。两个小姑娘也不客气,把葫芦里的水喝得精光。第二天,小道士又碰见这两个小姑娘,她又向小道士要水喝。一次两次还可以解释,每天都能遇到就不正常了。小道士刚修行,法力还不足,但警惕性还是蛮高的。等到两个小姑娘走后,悄悄地跟在后面,走着走着那两个小姑娘不见了。那一片山坡暴晒在烈日下,都是枯草烂藤,没有一片树影。唯独在枯草丛中有两株翠绿的牡丹,分外显眼。小道士若有所悟,以后每天来浇水、除草、施肥,冬天又用布帘子遮风挡雪。

来年四月,春风浩荡,小道士走到花前,只见花蕾徐徐舒展,一株是红花,一株是白花,中间各坐着一个小女孩。看到小道士笑得分外灿烂,两个小女孩嗖地从花中跳了出来。哦!是那两个小姑娘。她俩笑着弯下腰:"谢谢大哥救了我们。谢谢大哥不辞辛劳地照料我们。"一个说:"我叫珠红。"一个说:"我叫绛雪。你想我们了,你就拍拍手。"

这件事传开了,甚至传到了皇帝的耳朵里。皇帝乘着天高气爽来到上清宫指明要看珠红和绛雪。牡丹是四月里开花的,秋天去哪儿找开花的牡丹。皇帝便下旨:"把上清宫封了,把那两株牡丹拔了。"两株牡丹就扔在皇帝脚下。皇帝瞄一眼,便生气地说:"把造谣的小道士砍了。"话刚说完,那两株牡丹便绽放出红白两色花朵。这牡丹是奉旨开的,所以见到开花的人不是大富就是大贵。

我们都问:"这是真的?"

所有的人都想去看珠红和绛雪。我哼哧哼哧爬到半山突然醒悟,这山东姑娘真聪明,用一则"聊斋"故事诳我们上山,她自己则优哉游哉地坐在山下喝茶。

(1998年第一次登崂山,2004年第二次登崂山)

十九、养马岛

导游说:"到烟台来玩,市内的老景点有烟台山、妈祖庙、海滨浴场,出市区就是蓬莱阁。现在又建了海滨大道,开发了养马岛。蓬莱三岛远在缥缈间,养马岛近在眼前。我小时候……四面环海,退潮时,和南岸可以连起来,现在一条大路直达岛上。清朝时岛上就是放马的。我在岛上吃到过世上最美味的饺子。大家都以为烟台的特产是苹果,这是老皇历了,现在有葡萄酒、白酒……"

我们笑称没有听说过烟台的白酒。

导游说:"那一年,养马岛才启动,我家来了客人,顺便逛逛养马岛吧。来去半天,回来嗨酒。摆渡到岛上,还有许多渔船靠在岛边。还遇到一位中年妇女招呼我们要不要吃饺子——还是一辈子也不一定碰上一回的飞鱼饺,现刮的鱼蓉,现和的面,现擀的皮。"

导游说:"山东人做生意就是实在。"我们眼睛一亮,导游继续说道:

虽说是山东人,靠在海边,想吃飞鱼饺,那真是一辈子也不一定碰上一回。想吃飞鱼饺,走上打鱼船。刚一坐下,我家老伯就跟我们说:"山东人无酒不欢,今天为了吃飞鱼饺,不得不戒酒,但山东人的规矩不能坏了。什么规矩?招待客人的规矩。南方人筵席的主位都是留给最重要的一位客人,山东人是给主陪的。对面是副陪,左面中间是三陪,右面中间是四陪。最重要的客人坐在主陪的左手,第二位坐主陪的右手,依次类推。

大家坐定后,便是主陪致欢迎词,可长可短,一定要说出山东人的热情好客,说出互相之间深厚的关系和友情,说出招待的简慢和歉意。接下来是主客的答谢词,接下来是副陪的欢迎词,接下来是副客的答谢词……该说的人都要说,整个程序走下来,少说半个小时过去了。副陪随即笑着向大家解释:俺山东人爱把一件说成一个,一个是十二瓶高度白酒。所有的主客、副客、三客等都被"李逵"的三板斧惊到了,大眼瞪小眼,还没有开场就泄气了。

主陪端起酒杯:"我先敬大家三杯,一起干了。"副陪端起酒杯:"我也来敬大家三杯,一起干了。"三陪也举起酒杯……等不到四陪敬酒,就有人迷糊了。你还得回敬,敬了主陪三杯,还有副陪,还有三陪、四陪,要是你能在这个战场上屹立不倒,估计就打遍天下无敌手了。但山东人不能让客人没喝好就走了。最后,划拳是农村里的玩法,唱歌就唱:大河向东流哇,天上的星星参北斗哇,嘿嘿嘿嘿参北斗哇,生死之交一碗酒哇,你有我有全都有哇,嘿嘿嘿嘿还不倒哇!再来一碗酒哇。你醉了没关系,这酒不上头。他们接着更响亮地唱:风风火火闯九州哇,该出手时就出手哇!

我们问:"到底是什么酒这么好喝?"

"是烟台的'古酿'。"

(1968年、1988年、1998年、2004年、2018年多次到烟台)

二十、大明湖

"我给大家背首词:常记溪亭日暮,沉醉不知归路。兴尽晚回舟,误入藕花深处。争渡,争渡,惊起一滩鸥鹭。"导游问道:"你们猜猜李清照写的是哪里的藕花?"

"大明湖。"

导游继续说道:"涓涓泉水汇成一湖,丝丝杨柳起舞两岸,婷婷荷花傲立浅滩,翩翩鸥鹭上下晴空。盈盈一位素女,扁扁一叶兰舟,浅浅一杯薄酒,淡淡一丝闲愁。这就是李清照少女时代在济南的惬意生活。她这一时期的词作明快活泼,和南渡以后的风格大不相同。"

我们看到南岸正在拆迁,以为会建李清照的纪念馆。导游说:"这里要建济南的另一位历史名人辛弃疾的祠堂。李清照的纪念馆建在趵突泉公园内,这里只有一间书画纪念室。"我们走进去一看,墙上挂满了现代书法家书写的条幅。其中一幅写的是《点绛唇·蹴罢秋千》。

蹴罢秋千,起来慵整纤纤手。露浓花瘦,薄汗轻衣透。
见客入来,袜刬金钗溜。和羞走,倚门回首,却把青梅嗅。

我结结巴巴读完,问导游:"这是李清照的词吗?好像和你背的词风格大不相同。"导游说道:"这首词是不是李清照所写,争议很大。"看我们表现得都很好奇,于是她进行了详细的解释:

这首词的上片写这个少女荡完秋千的神态,妙在静中见动。下片以动作写心理,层次分明,曲折多变,把一个少女惊诧、含羞、好奇的心理活动栩栩如生地刻画出来。第一层"见客入来",感到惊诧,来不及整理衣装,急忙回避。第二层"袜划",指来不及穿鞋子,仅仅穿着袜子走路。"金钗溜",是说头发松散,金钗下滑坠地。第三层"和羞走"三字,把她此时此刻的内心感情和外部动作作了精确的描绘。最后第四层只好借"嗅青梅"这一细节掩饰自己想见又不敢见的微妙心理。这首词风格明快,节奏轻松,寥寥四十一字,就刻画了一个天真纯洁、感情丰富却又矜持的少女形象,可谓妙笔生花。

很多人认为这词是李清照早年的代表作,写少女初次萌动的爱情,把"见客入来"的客说成是一个翩翩美少年,不知依据何在。在那个年代,并不是任何客人都可以走进内院,能走进内院的必定是女客人,同样会惊动这些闺秀。

有意思的是,直到现在我们看到争议的两方面都是引用王仲闻[①]的《李清照集校注》中收集的资料。

书中列举了许多名家点评。有人说:这词浅薄,不应该是大家闺秀的李清照所写。也有人说:女儿情态,曲曲绘出,非易安不能为此。到了现代,更有人认为:追求自由思想开放的李清照不会被封建礼教束缚,当然是她所写。

唐圭璋[②]在《读李清照词札记》中明确指出:明杨慎《词林万选》卷四,误收李清照一首《点绛唇》词。《花草粹编》卷一收录此词,认为其乃无名氏作,非清照词……且清照名门闺秀,少有诗名,亦不致

---

① 王仲闻(1902—1969),名高明,字仲闻,号幼安,浙江海宁人。王国维次子。
② 唐圭璋(1901—1990),字季特,江苏南京人。中国当代词学家、文史学家、教育家、词人。编著有《全宋词》等。

不穿鞋而着袜行走。含羞迎笑,倚门回首,颇似市井妇女之行径,不类清照之为人,无名氏演韩偓诗,当有可能。

  争议从这首词出现就有。最初的词句出自唐代韩偓的"见客入来和笑走,手搓梅子映中门"二语。肯定李清照所写的,大都泛泛而谈,尤其现代人以现代的观念来释义,从反封建意识的高度来分析,更显得空洞。从理智上说,李清照就是生活在封建社会中的人,必然受到封建意识的影响,不可能超越时代的局限。作为大家闺秀,以她诗词一贯的风格来说,确实不太可能写这一类市井之语,更不可能演义韩偓如此轻佻之诗句。从感情上说,希望是李清照所写。因为在现代人看来,这些市井之言早已超脱了封建社会的所谓礼制,别具一格,使你如闻其声,如见其人,这一类的诗词看起来没有什么重大的社会意义,但它们的存在证明了人性的美好,能陶冶我们的性情,给我们美的享受。在中国古诗词中,极少有这样风格的诗词,能如此细腻地用外在神态动作描写一个人的心理活动。我们读古诗词大都先看是不是名人名作,很容易忽视无名小卒的作品。其实我们大多数人并不能评判一首诗词的高下,只不过人云亦云。要是真的是无名氏所写,不是挂在李清照的名下,谁会花费大量的时间精力去分析评论,可能早已淹没在浩瀚的诗词海洋中。

(2004年游于大明湖)

二十一、石钟山

我之所以知道石钟山，完全得益于苏东坡的《石钟山记》。"微风鼓浪，水石相搏，声如洪钟。"当年我也曾路过石钟山，拖着同伴一定要上去看一看。从正门进去，眼前是极为普通的一座山，里面的亭台走廊也并无出奇之处。

石钟山号称"千古奇音第一山"。我站在最高处江天一览亭里，遗憾的是并未听到洪钟之声。还有半座山在大自然的鬼斧神工之下不见踪影，形成下临深渊的陡壁。北崎长江，西扼湖口，只见长江浩浩荡荡，向东倾斜，一水剖开大地，荆楚分成南北。一条青色的丝带多情地缠绕在长江的腰间，这就是鄱阳湖的湖口。两水分明，却又合成一体。

同伴说："这有什么好看？长江边比这好的景点多了去。"

回来重读《石钟山记》，苏东坡确实没有描述石钟山的景色，而是写他如何考证声如洪钟的。让人佩服的地方就在这里，一代文豪，官场显要，并不是人云亦云，而是眼见为实，躬身力行，尊重科学，重在实践。这篇《石钟山记》也成了少有的"实践求真知"类散文。

要想听到石钟山的千古奇音，必须向苏东坡学习，在天黑月明之夜，风高浪急之时，乘一叶小舟，至绝壁下。此时可见"皆石穴罅，不知其浅深,微波入焉,涵淡澎湃而为此也。舟回至两山间,将入港口,有大石当中流,可坐百人,空中而多窍,与风水相吞吐……"发出各种千古奇音。

受到苏东坡的启发,近几年"夜游石钟山"被开发成这里的一个热门项目。2022年大旱,石钟山完全露出真面目,游人沿着江滩砂石可以走到绝壁之下,那里皆是洞穴,足以佐证苏东坡考察的结论。

(1978年游于石钟山)

二十二、琵琶亭

石钟山向西,过湖口,就是九江,相距不远。九江古称"江州""浔阳"等,发生过许多历史故事,最著名的就是"浔阳江头夜送客"。人们比较熟悉的还有就是宋江在浔阳楼上喝醉了酒题反诗。之所以叫浔阳,是因为流经九江的一段长江叫浔阳江。还有周瑜在九江操练水军,火烧赤壁,以少胜多,大破曹操的八十万人马,留下一座点将台。这三件事都发生在九江,但在九江三个不同的地点。那天我在九江,坐在一间亭子里,默默地凝视着一湖绿水,等候长江班轮,身边无人相送,自然没有人劝我更尽一杯酒,正好胡思乱想,默想跟自己毫无关系的事情。可是我究竟坐在哪个地方的亭子里?这湖又是什么湖?

或许当年白居易在湓浦口送客,就在这里。举杯欲饮,告辞难说,寂静的浔阳夜江,只有徐徐清风,滚滚涛声。"忽闻水上琵琶声,主人忘归客不发……移船相近邀相见,添酒回灯重开宴。千呼万唤始出来,犹抱琵琶半遮面。"白居易不愧是当地的父母官,这位琵琶女给足面子奉命弹奏,先《霓裳》后《六幺》,不知道弹没弹《浔阳夜曲》。毫无疑问,她是弹琵琶的高手。白居易的神来之笔,写尽了琵琶声的美妙,"大弦嘈嘈如急雨,小弦切切如私语。嘈嘈切切错杂弹,大珠小珠落玉盘",时而涓涓细流,时而石破天惊,时而无声胜有声。特别是大珠小珠落玉盘,只能形容琵琶声,要是形容二胡或笛子声,那不把人笑掉牙。

弹完曲子,白居易自然要问问琵琶女的身世。"自言本是京城女……十三学得琵琶成,名属教坊第一部。曲罢曾教善子伏,妆成每被秋娘妒。五陵少年争缠头,一曲红绡不知数……"琵琶女又说道:"暮去朝来年老色衰,门前冷落车马稀,从长安到九江,嫁为商人之妇。商人重利轻离别,无可奈何守空船。"

白居易顿时感慨万分,想起自己十六岁写下"离离原上草,一岁一枯荣。野火烧不尽,春风吹又生"而名满天下,打开了仕途的大门,自己的个性直来直去,欢喜说道说道皇上,这件事应该如何如何,那件事应该如何如何。皇上知道自己一片好意一片忠心,可为了耳朵清净几天,把他贬为江州司马。"同是天涯沦落人,相逢何必曾相识。"

说来惭愧,下里巴人终究不知道什么叫阳春白雪,不懂得欣赏高雅的艺术作品。照我想来,琵琶女最后嫁给商人不是一种很好的归宿吗?现代的女明星不都是争先恐后要做商人妇吗?怎么触动了江州司马脆弱而敏感的神经,弄得眼泪汪汪?

于是我揣度起白居易这位天涯沦落人到底在失意什么。无非是一腔牢骚,无非是官场失意,从长安贬到了九江,从京官变为地方官,当了江州司马。按我小老百姓的眼光来看,江州司马也相当于地市级的领导了。一个普通人能混到地市级领导,睡在梦里也会笑醒。诗里把九江写得像蛮荒之地。恐怕那时的人们都以为除却长安不是城,其实九江早在唐朝之前就已开发,是长江沿线四大米市之一,又是交通要道,更是兵家必争之地。浔阳江上千帆竞流,浔阳城里商铺林立。刘永生在《唐诗选》的《琵琶行》的注解中就说:琵琶女的故事存疑。很可能是白居易用高超的艺术手法一吐心中不快。我自此知道牢骚满腹也会产生伟大的诗篇。

白居易的好友是大诗人刘禹锡,同样被贬,甚至贬得更远更偏,先到湖南常德,后到广东连县,再到重庆奉节,一晃二十多年,五十四岁那年奉旨调回洛阳,在扬州和白居易相会。白居易对这位好友的遭遇深表同情并写下一首诗,刘禹锡应酬唱和时写下"沉舟侧边千帆过,病树前头万木春",境界完全不同。他们的诗都流传下来成为千古名篇。

我真想看看盛唐的气象,竟然如此宽容和大度,让一首发泄不满和牢骚的诗歌留存下来,成为中国文学史上一座不可逾越的丰碑。唐朝人不论是皇帝还是平民,都深知人是有七情六欲的,文学就是描写人的七情六欲的。如果人的情感单纯到同一的高度,那么这些人只要一动笔,必定莺歌燕舞,必定纯净如水,必定没有文字之累,文字之惑。不过如果文学不去写人的情感的复杂性真实性,我们还能读到《琵琶行》吗?这世上还会有文学这种东西吗?所以,没过几年,皇上又想到了这个爱提意见的白居易,召回长安。真要没人提意见,就像少了一面镜子,见不到自己的真面目。

那么,我闲坐的凉亭,莫非就是琵琶亭吗?我上网搜索了一下,九江早已不是我记忆中的九江。一座三层楼亭建在高台之上,临近琵琶湖。白居易的时代不可能有这样的亭子。浔阳楼更是气派非凡。这些分明都是为了旅游事业而新建的。而且我在九江的那年,这两处地方破败荒凉。至于周瑜的点将台,并不是一般人想象的是一座高台,恰恰相反,只是一处水边的平台,一座长方形的凉亭——烟水亭,在甘棠湖中的一座小岛上。感谢网友在网站上上传的甘棠湖照片景色,和我的记忆吻合起来了。谢天谢地,那个时候不要门票,人们可以随意游玩。最初的琵琶亭就建在这座小岛上,先有琵琶亭,后有《琵琶行》。另有一说,琵琶亭是白居易写出《琵琶亭》后自建的。这就有点自我表扬的味道了。明朝嘉靖年间,两亭俱废,后来人们重建时觉得琵琶亭在这小岛上太局促寒酸了,故只建了烟水亭。

甘棠湖离九江的轮船码头不远,等我上船,凡有空的地方都有人,大包小包,肩扛手提,鸡鸭猪羊一起挤在底舱和过道上。我也是为生计劳碌的这群人之一,所以我不能理解"江州司马青衫湿"应该也是很正常的事。

(1978年游于琵琶亭)

二十三、浔阳楼

浔阳江上,凉风习习,好不爽快。宋江瞧见江边有一幢两层的楼房,飞檐翘角非常气派,横匾上大书:浔阳楼。宋江知道这楼也算长江十大名楼之一。上得楼来,临窗坐下,远眺近望,江上风景各有千秋。

宋江一边喝闷酒,一边暗想:我好好地在山东郓城做个押司,怎么会落到这个地步?

一年多前临近中秋。宋江在街上见阎婆娘俩落难,便收留了阎婆娘俩。众人称宋江为"及时雨"。宋江对"及时雨"这个称号特别满意。晁盖智取生辰纲,犯下惊天大事,幸亏"及时雨"及时报信,逃过官府的搜捕。自然,晁盖为了谢他,一出手便是黄金百两。

官场上的手法古今一样,不然靠那几个俸禄怎么喝得起小烧酒,养得起阎婆惜。宋江没敢要。这事实在太大。但百密一疏,他看了晁盖的信,没有及时销毁,还带到阎婆惜那里过夜。结果被这小女人拿到把柄,提出异想天开的交换条件:一要休书,放我自由;二要房产,作为赔偿;三要黄金,未来保障。不然,要宋江到官府去拿信。宋江一怒之下……好汉落难了。

宋江喝着喝着就醉了,在浔阳楼上题了一首诗……于是上演了

"晁盖李逵江州劫法场"。都说这首诗是反诗,其实,如果宋江造反成功,像朱元璋一样当了皇帝,那这首诗就是豪情万丈的励志诗,阶下之囚的诗不是反诗是什么?

都说《水浒传》是官逼民反的生动典范,林冲最为典型,至于宋江,从头到尾看不出有谁逼他,能看到的都是用尽心机,抬高身价,增加筹码,作为挤进上层社会的台阶。

有两个细节,《水浒传》中没有提到。

第一个细节:宋江回想起来,和阎婆惜刚相处时也是缠缠绵绵,难分难舍。宋江得空在灯下看看儒家经典,阎婆惜拿个曲本浅唱低吟。宋江吃惊道:"你识字?"阎婆惜嘴一噘:"我可是大都市来的文化人,哪像你们乡下女人。"原来阎婆惜在东京是唱曲子的,在各个歌厅赶赶场子,认识三六九等不少人,见多识广,能说会道。聊起东京见闻来,宋江两片嘴张得像茶壶口合不拢来。一个东京比得上百十个郓城大,车水马龙,人流如织。每年春节到元宵尤其热闹,还会举办一系列灯会、歌会、诗会。说到此处阎婆惜已是眼含珠泪。"三郎,你要真帮我,给我一笔赞助费,让我到东京去参加歌会选拔赛。"宋江匪夷所思,闻所未闻。心想:"这娘们倒像个诈骗犯,想让我落个人财两空。"自此,宋江便对阎婆惜有了戒心,来得少了,乐得和县都头朱仝、雷横喝喝酒。

第二个细节:这一年元宵节前,宋江猛地想起阎婆惜曾说过东京元宵灯会如何如何热闹。宋江寻思:如今身为梁山一把手,一定要去见识一下,去确认确认这婆娘是不是在吹牛。宋江不顾吴用等死劝,带了柴进、燕青、戴宗来到东京。李逵说要保护大哥的安全,硬是跟了去。宋江到东京还有一个目的,就是开后门走路子。于是他去拜访东京名妓李师师。

一个丫鬟出来迎接,引宋江他们到一间暖阁中坐下。宋江望去又不同寻常。顶上吊着鸳鸯灯,四角放着铜炭盆,墙上挂着一幅荷花图,靠墙摆着犀皮一字交椅,还有一张香楠木雕花玲珑小床,屋中间放着一张雕花圆桌。宋江细看荷花图,虽然寥寥几笔,却有一股别样的勃勃生气,只是和一般的画不同,只有题跋,没有落款,也没有印章,不知是谁的画作。只觉字体形瘦,刚劲有力。

屋外寒冬腊月,屋内温暖如春。宋江正在回味,李师师从另一扇门进来了,莺声婉转:"员外识荆之初,厚礼见赐,却之不恭,受之太过。草草杯盘,以奉长者。"

丫鬟端上四盅汤,放到每人面前。

宋江一望,一盅汤里五种颜色——红黄绿白紫。里面搁了一把小汤勺。宋江舀起尝了一口,不冷不热,鲜美无比,又赶上口渴,扔掉汤勺,一口喝得精光。"这豆腐脑好喝,再给我来上一大碗。"

燕青自小长在大名府,是个玩家,扑哧一声笑了出来。

李师师道:"这汤看似平常,实则熬制不易,只有这四盅。员外如爱喝,把这一盅也喝了。"推过自己的那一盅,见宋江半信半疑,便说道:"这汤叫五彩锦绣鸡豆花,原是四川的名菜。"宋江越发生疑。李师师娓娓道来:"大家都以为四川菜又麻又辣,却不知也有这般清淡可口的,荤菜素做。这汤先用老母鸡、三年以上的老鸭、猪蹄、火腿、干贝等八种原料熬出,撇尽浮沫,用细布滤过。再放入陶罐中,将肉末以及黄芪、当归两味中药包在一起,吊在罐中央,小火炖上七八个时辰。再将鸡胸脯肉用木棒拍打成泥,拌上鸡蛋清。备好紫菜、枸杞、香葱。将肉末药包取出,佘入鸡胸脯肉,放进紫菜、枸杞,每盅分好,最后撒上香葱。这鸡肉就同豆腐脑一般了。"

别说宋江,就连柴进、燕青也听得眼珠子不动了。

李师师接着说:"当年安禄山造反,国家动乱,百姓涂炭,唐明皇避难到四川,尝到这汤亦是赞不绝口,后来将这道菜带回中原。可惜的是没把心爱的女人带回来。"

忽听到外面惊叫"着火了!",众人向窗外一看,火光四起。李逵光着膀子到处放火。宋江他们急急向李师师抱拳辞别,大步流星向院外奔去。

宋江经过东京考察,更加坚定了归顺朝廷的决心。只有李逵老想着过大碗喝酒大块吃肉的草莽日子,一点也不懂什么叫精致高雅的生活。

……

宋江临死前想的是:我想换一种生活错了吗?我自幼学儒,长而通吏,不幸失身于罪人,并不曾行半点异心之事,皇上怎会如此不放心?我死之后,别人都不打紧,只有一个人脑子一根筋,若再啸聚山林,百姓涂炭,毁了我忠义之名……除非如此……于是毒死了李逵。

(1978年游于浔阳楼)

二十四、烟水亭

折戟沉沙铁未销,自将磨洗认前朝。

东风不与周郎便,铜雀春深锁二乔。

我坐在烟水亭中,也就是周瑜的点将台,天晴的时候可以看到庐山秀峰苍云。此情此景便会让人自然而然地想到:如果周瑜和曹操看到杜牧这首《赤壁》诗,会不会一个拔剑四顾哇哇大叫,一个手捻胡须呵呵大笑。

九江多湖,又紧挨着浩浩荡荡的鄱阳湖,直通长江。周瑜为什么不在鄱阳湖训练水军,偏偏选在甘棠湖呢?甘棠湖是由庐山的泉水汇聚而成,清洌甘甜,毗邻长江却不相通。或许在三国时代,曾有通长江的河道,每当洪水季节,江水倒灌,殃及九江,故后来筑堤相隔。这湖操练水军或许是局促了一点,史书上记载当年周瑜只有三万人马,包括水陆两军。甘棠湖足够装下周瑜的水军。而曹操号称八十万大军,其实大约有二十万,比周瑜多了近七倍。是降是战,周瑜也曾犹豫过。

诸葛亮出马了,私下约见周瑜,说道:曹操修了一座铜雀台,扬言只要东吴献上二乔即可退兵。周瑜拔剑劈开案几一角,发誓道:

我与老贼势不两立。诸葛亮大惊：二乔不过是平民女子，都督何必动怒。周瑜道：军师有所不知，大乔是孙策的老婆，小乔是我的老婆。诸葛亮马上躬身赔礼道歉。

这是多么浪漫的一则故事，惊心动魄，又塑造了诸葛亮足智多谋的形象。一把羽毛扇，风度翩翩，一副睿智宽厚的长者模样。而周瑜则是血气方刚的年轻将领。

这就是演义和历史的区别，演义把诸葛亮格式化了，也把周瑜、曹操等人格式化了。赤壁之战发生在建安十三年（208），周瑜时年三十五岁。十年之前，和孙策攻打庐江，分别娶了庐江平民之女小乔和大乔。建安十二年（207），当时的诸葛亮也才二十六七岁时，刘备三顾茅庐，诸葛亮这才踏进三国纷争，一展军事家、政治家、思想家的风采。诸葛亮看见周瑜还得问候一声：大哥，你好吗？嫂子好吗？也就是说周瑜娶小乔已有十年之久，膝下有二子一女，东吴人人皆知。诸葛亮无法装糊涂的，施展这种小儿科的手段，不怕周瑜戳穿西洋镜吗？

周瑜三十六岁病亡于益州征战。小乔自此隐居庐江老家，周瑜也是庐江人，死后也葬于庐江。庐江现归合肥市下辖，三国时还没有合肥市，属于曹操的势力范围，想得到小乔真是轻而易举的事。诸葛亮的激将法虽是虚构，但并非毫无根据。曹操好色也是有历史记载的。最出名的一节是父子三人都看上袁绍儿媳甄宓，曹丕捷足先得，曹植只好半夜空想，写下流传千古的凄美的《洛神赋》。后甄宓被曹丕赐死。

可是说这些索然无味，看的人无味，我写得也无味。而诸葛亮舌战群儒，草船借箭，火烧连营，三气周瑜，看的人津津有味，写的人也津津有味。那么赤壁大战中周瑜胜在哪里？周瑜有胆有谋，采用火攻这个正确的战术是毫无疑问的。还有一个原因是我意想不到的，除了曹操轻敌，就是北方人不习惯水战也不习惯南方的气候，得疫病太多，减员太多。

铜雀台建于建安十五年(210),也就是赤壁之战之后。杜牧是从诗人的视角进行解读:假使没有天时地利东风相助,二乔真有可能被俘,三国历史或将因此重写。诗人写诗大都有恣意想象的成分,或者借历史事件、文学典故寄托自己的思想。如果你把诗人的诗当成历史事实,那就失之千里了。但是,诗运用典故也不能凭空捏造。历史上是周瑜借东风,不是诸葛亮借东风。故杜牧说"东风不与周郎便",没有说"东风不与孔明便"。那么周瑜借东风怎么变成诸葛亮借东风的呢?这个说法起源于宋元年代的民间传说和评书,罗贯中为了塑造诸葛亮的光辉形象,不惜移花接木,将错就错。

(1978年游于烟水亭)

二十五、杜甫草堂

说起成都的景点,你或许不知道望江楼,不知道宽窄巷子,却很少有人会不知道杜甫草堂的。提起杜甫,你或许不知道他出生在哪里,也不知道他最后逝世在哪里,但都知道杜甫在成都居住了四年时光,写下240首诗歌,占了杜甫诗歌的六分之一。读李白、苏轼的诗,也许会忍不住调侃几句,但很少有人会在读杜甫的诗时开上几句玩笑,杜甫的诗总给人一种沉甸甸的感觉。也许杜甫本就是一个严肃认真、不太懂得变通的人,他的诗也就格外严谨。

站在杜甫草堂前,就如站在一座高山之下,人们只能抬头仰望。几次想写杜甫草堂,却又无从下笔。这不单单是因为无数的文人墨客已经写过,杜甫自己就有极为精彩的描述,让你眼前有景道不得。

杜甫告诉你:"万里桥西一草堂,百花潭水即沧浪。"(《狂夫》)

乾元二年(759)冬天,为躲避安史之乱,杜甫带着家人几经辗转之后抵达了成都,寄住在浣花溪边的浣花寺里。直到第二年春天,在朋友的帮助下,才盖起草屋数间。他的表弟王司马出力最多,而且是第一个送来了建房款,"忧我营茅栋,携钱过野桥。他乡唯表弟,还往莫辞遥"(《王十五司马弟出郭相访,兼遗营茅屋赀》)。

这几间茅屋就是后来的杜甫草堂。

杜甫推开窗户便是:"两个黄鹂鸣翠柳,一行白鹭上青天。窗含西岭千秋雪,门泊东吴万里船。"(《绝句》)

出门散步,又是一番美景:"黄四娘家花满蹊,千朵万朵压枝低。留连戏蝶时时舞,自在娇莺恰恰啼。"(《江畔独步寻花七绝句·其六》)

浣花溪风景优美,杜甫十分欢喜这里的幽静。"细雨鱼儿出,微风燕子斜。城中十万户,此地两三家。"(《水槛遣心二首》)这两三家也是好客的邻居:"故人供禄米,邻舍与园蔬。"(《酬高使君相赠》)

春天来了:"好雨知时节,当春乃发生。随风潜入夜,润物细无声。野径云俱黑,江船火独明。晓看红湿处,花重锦官城。"(《春夜喜雨》)

朋友来访时:"舍南舍北皆春水,但见群鸥日日来。花径不曾缘客扫,蓬门今始为君开。盘飧市远无兼味,樽酒家贫只旧醅。肯与邻翁相对饮,隔篱呼取尽余杯。"(《客至》)

这位肯与邻翁相对饮的朋友,可能是对他帮助极大的严武,更有可能是写下"莫愁前路无知己,天下谁人不识君"的高适。

杜甫在新居建成后,有了难得的安稳和闲适,带着家人种菜种粮,除草浇水:"清江一曲抱村流,长夏江村事事幽。自去自来堂上燕,相亲相近水中鸥。老妻画纸为棋局,稚子敲针作钓钩。但有故人供禄米,微躯此外更何求?"(《江村》)

安史之乱没有波及四川,成都城里笙箫不绝,生机盎然,百姓安居,一片祥和。浣花溪在成都郊野,宛如世外桃源。杜甫远离战火和动乱,生活虽然贫困,自有一种安适与悠闲,诗歌的风格也呈现出别样的风貌。那么杜甫忧国忧民之心淡薄了吗?当真无所求了吗?没有。当他听说官军打了胜仗,欣喜若狂:"剑外忽传收蓟北,初闻涕泪满衣裳。却看妻子愁何在,漫卷诗书喜欲狂。白日放歌须纵酒,青春作伴好还乡。即从巴峡穿巫峡,便下襄阳向洛阳。"(《闻官军收复河南河北》)

另一首我们熟知的《茅屋为秋风所破歌》也证明了这一点:"八月秋高风怒号,卷我屋上三重茅……俄顷风定云墨色,秋天漠漠向昏

黑。布衾多年冷似铁，娇儿恶卧踏里裂。床头屋漏无干处，雨脚如麻未断绝……"(《茅屋为秋风所破歌》)

在这困境中，杜甫想的是：安得广厦千万间，大庇天下寒士俱欢颜，风雨不动安如山。

这就是"诗圣"杜甫。"圣"在不是空喊口号，"圣"是指崇高的思想境界，"圣"亦是指常人无法超越的艺术成就。杜甫严己自律，力行终生，身居草堂，心忧天下，堪称是所有读书人的楷模。他在每一首看似描写日常生活的诗歌中自然而然流露出其思想境界。如果没有草堂，没有在草堂中写下的不朽文字，我们又从哪里去了解一个古人的胸怀？所以，一个艺术家、作家、画家，其人品和作品定是相辅相成的，作品中必定包含着艺术家的灵魂。宛若草堂，也就有了永恒的意义。

按理千百年前的茅屋不可能完好地保留到现在，但"诗圣"的风采深入人心，唐代末期的诗人韦庄寻得草堂遗址，保护起来，历朝历代都在修葺扩建，始成现在的规模。我们看到的杜甫草堂，仍然保持着明清时的格局，而且应当会一直保持下去。

(2004年游于杜甫草堂)

二十六、武侯祠

此次导游是一个很活泼的四川妹子,举止也是精干爽利的样子。走路一阵风,说话一连串。她的介绍很精彩,我把它编录下来,供大家品鉴。导游的话大多半真半假,一笑而已。

你们参拜了杜甫草堂,也都知道杜甫在草堂里写过一首非常有名的诗《蜀相》:

丞相祠堂何处寻?锦官城外柏森森。映阶碧草自春色,隔叶黄鹂空好音。

三顾频烦天下计,两朝开济老臣心。出师未捷身先死,长使英雄泪满襟。

诸葛亮在老百姓的心中,光明磊落,廉洁奉公,勤政爱民,博学多才,智慧过人,鞠躬尽瘁,死而后已。这个形象也是老百姓对执政者的期望。杜甫居住草堂的那几年不止一次拜访过丞相祠堂,也为祠堂写过不止一首诗。用一句话概括,就是三把火烧出一部三国志。

他在诗的开头设了一个问句:"丞相祠堂何处寻?"接着说了地理位置和环境,松柏常青,芳草萋萋,黄莺空好音。这个"空"字用得绝妙,定下了这首诗的主基调。然后就是总结了诸葛亮的一生,刘备三顾茅庐共商天下大计,孔明赤胆忠心辅助两朝君王,可惜光复汉室的宏愿并没有实现,陨落五丈原,怎么不叫后人泪满襟呢!

若问是哪三把火,这三把火便是中国历史上以少胜多的三个著名范例,和三国人物的命运休戚相关。第一把,官渡之战,曹操偷袭袁绍的粮仓乌巢。自此一家独大,统一了北中国。第二把,赤壁之战,自此三分天下,三国鼎立。第三把,夷陵之战,自此蜀汉元气大伤,成了三国的历史转折点。

接下来去丞相祠堂,也就是武侯祠。到了那里你们一定会问:我们不是去武侯祠吗?怎么把我们带到汉昭烈庙?这就是武侯祠的一大特色,全中国唯一的一座君臣合祀的祠庙。你们猜一猜,先有昭烈庙,还是先有武侯祠?

刘备在221年称帝后,就像所有的帝王一样,开始建自己的陵墓。夷陵一仗,被东吴大将陆逊火烧七百里连营,刘备气死在白帝城。223年8月葬于惠陵。诸葛亮主持修建了昭烈庙,祭祀刘备。从这一角度来说应该是先有昭烈庙。可是蜀国投降后,昭烈庙被拆了。还算手下留情,没有伤及惠陵。

诸葛亮在234年病逝五丈原。老百姓请愿在成都立祠纪念诸葛亮,后主刘禅认为不妥,他认为诸葛亮是先帝手下的军师,怎么可以和先帝平起平坐,因此禁止在先帝庙旁焚香烧纸。你越是禁止,老百姓越是来劲。刘禅永远也弄不懂的是诸葛亮的墓地并不在这里,为何老百姓要在这里立祠焚香。原因不言自明。

昭烈庙被拆后一直没人重建,武侯祠在晋朝就有了,香火不断。从这个角度来说,应当是先有武侯祠。现在的昭烈庙是明朝时期重修的。诸葛亮和刘备同时享用一座庙宇,前殿是昭烈庙,后殿是武侯祠。老百姓都说武侯祠,却没有人说昭烈庙。

有句俗语叫"扶不起的阿斗"。赵云在长坂坡救出阿斗,刘备接过孩子,丢在地上:"险些害我爱将。"把赵云感动得眼泪直流。刘备四十多岁才有这么一个亲生儿子,怎么会狠得下心。据说这一丢,阿斗的脑子不够用了,成了世人口中的"无用之人"。但或许这只是刘禅刻意营造的表面现象。刘禅从刘备死后坐上皇位,年仅十七岁,一直到蜀汉被灭,整整做了四十年皇帝。中国历史上又有几个人坐满四十年皇位?阿斗还留下一句成语"乐不思蜀",更是被人瞧不起。如果阿斗也像后来的南唐后主李煜一样,明明做了俘虏,还在写什么"故国不堪回首月明中",那么结果多半是换来一杯毒酒。而他一句"乐不思蜀"换来十多年的安稳日子,你说他是蠢还是大智若愚?

他的聪明才智大概率来自刘备的遗传。

《三国演义》的第一回就是"桃园三结义"。那一年黄巾军动乱,益州的头儿刘焉出榜招募义兵。榜文行到河北涿县,引出涿县中一个英雄。这个英雄双耳垂肩,双手过膝,帝王之相。姓刘名备,字玄德。玄德幼孤,事母至孝,家贫,贩履织席为业,也就是卖草鞋的。碰到一个杀猪的张飞,一个贩枣的关羽,三个人桃园结拜,要干一番大事,光复汉室。

一个卖草鞋的和汉室半毛钱关系也没有,师出无名。于是刘备自称中山靖王刘胜之后,汉景帝玄孙。反正演义里罗列了一长串祖上的名单。这也凸显了刘备的政治智慧。刘胜和刘备隔了近三百年,刘胜又是一个酒色之徒,荒淫无度,据说他的儿子有一百二十多人,连他自己都搞不清哪个儿子叫什么,更不要说后来人了。刘备挑了一个子孙后代最多的靖王刘胜做祖宗,你去查吧,等你查清他的来历,不知到哪个猴年马月了。一个卖草鞋的就这样变成了刘皇叔。

就算有点关系,好比在嘉陵江里倒了一锅鸡汤,流到了吴淞口有人呛了一口水,说这鸡汤鲜美无比。

惠陵基本上还是两千年前的样子,一条甬道环绕墓陵,古柏森森。有人说能听到墓中的回声,像搓麻将的声音。这墓是刘备夫妻三人的合葬墓,三缺一,这就是刘备苦恼的地方,怎么消磨这无穷无尽的时光?谁愿意留下玩几圈?享受皇家待遇。

按理武侯祠君臣合祀，张飞、关羽、赵云、孔明就在旁边，叫一个过来不是很方便的事吗？关羽刚愎自用，大意失荆州，败走麦城，被东吴砍了脑袋，死后成了财神爷，公务繁忙，哪有空来玩麻将。张飞脾气暴躁，急着为关羽报仇，喝了酒就鞭打部下，他是不屑玩这不见血的玩意的。赵云是个聪明人，张飞、关羽是刘备的结拜兄弟，在麻将桌上不受拘束。他是外来户，赢了不好看，输了不甘心，推说不会，和廖化、姜维等一帮小兄弟一起出门跑马拉松。至于孔明先生，刘备觉得压力太大，摇着鹅毛扇走进来，就像来上思想道德课的先生。这不，怎么算也凑不齐一桌人。

　　至于刘备的妻室，据《三国志》记载，正式的有四个。桃园结义，刘备二十八岁，不可能是光棍。后来忙于轰轰烈烈的"光复汉室"大业，忙中偷闲，感情上也不会有空窗期。只是这些都是不正式的老婆和小妾，不值得记载。

　　第一个正式的老婆是甘夫人。刘备举事后，势单力薄，东奔西走，今天投靠吕布，明天投靠曹操。前天被吕布打，后天被曹操打。在演义中，刘备投靠曹操的那一年发生了一件我们都熟悉的事，也就是青梅煮酒论英雄。曹操在凉亭里摆下酒席，请刘备喝酒，说道："我看天下英雄，只有两个人，你和我。"刘备大惊，借着天上雷声，故意摔落酒杯装熊，惹得曹操哈哈大笑。

　　被吕布打的前一年，刘备驻扎在小沛，就是现在的徐州地区，那时娶了平民女子甘夫人，也就是刘禅的母亲。甘夫人嫁了刘备也没有享到福，担惊受怕，不是被吕布扣押，就是被曹操扣押。大约209年，也就是生下刘禅之后两年便去世了。

　　曹操打过来的那年，关羽驻扎在下邳。刘备一见苗头不对，跑得比兔子还快，什么老婆夫人统统不要了，丢给了关羽。为了嫂嫂，才有了降汉不降曹的故事。官渡之战，关羽听到刘备的消息，过五关斩六将，护送嫂嫂回到刘备身边，义薄云天，感天动地。

　　第二个是糜夫人，糜竺之妹。刘备被吕布一路追到广陵一带，也就是现在的扬州地区,要钱没钱,要人没人。甘夫人成了吕布的人质。糜竺是富商,给了刘备很大的支持,还把自己的妹妹献给了刘备。吕布一看,人质不灵了,不如做个顺水人情,送回了甘夫人。只是糜夫人应了红颜薄命这句话。在长坂坡时,千军万马,赵云背着阿斗,怎么可能带她冲破敌阵,这位刚烈的女子跳井自尽。赵云含泪推倒土墙掩埋。战后尸骨也无从寻找。

第三个是孙夫人,孙尚香,孙权的妹妹。在赤壁大战之前,刘备占据荆州、益州。如果曹刘合作,曹操无后顾之忧,顺流而下,东吴危也。孙夫人对自己的婚姻有着清醒的认识,对自己的使命扛起义不容辞的责任。刘备和孙尚香都对这一场交易心知肚明。赤壁大战之后,刘备返回四川,孙夫人借探亲之名一去不复返。孙尚香和刘备的隔阂不仅仅是来自不同的利益集团的冲突和利用,也来自夫妻生活的细枝末节。刘备是北方人,自诩为英雄好汉,"不拘小节"。孙尚香金枝玉叶,几代人都是江南的王公贵族,有着良好的生活习惯。

虽然两人的夫妻生活屡生摩擦,但到了白天,在大众面前,两人手挽手,相敬如宾,老夫少妻,英雄美人,赢得一片喝彩,一片掌声。

孙夫人最后的归宿,史书上并没有记载。在安徽采石矶的三元洞里,供奉着一尊娘娘像,当地百姓都说这就是孙夫人。

第四个是吴夫人。刘备回到四川,孙夫人留在东吴,身边好像又没有女人了。这时益州的地方势力提出,让刘备娶吴夫人。吴夫人原是刘焉的儿子刘瑁的妻子,蜀中大将吴懿的妹妹。刘瑁早死,寡居多年。刘备沉吟许久:他的集团就像所有的集团一样,内部有不同的派系。最早的一派是从河北带出来的,以张飞、关羽为首,另一派是荆州刘表的部下,这些家伙如墙头草,夷陵之战后都倒向东吴。他在四川割据,必须要依靠四川本地的势力。

那就娶了再说。刘备称帝,封吴夫人为吴皇后。但还是让同甘共苦多年的甘夫人的儿子刘禅做了接班人。

这就是刘备在政治方面的聪明才智,他是玩平衡木的高手。刘禅继承了父亲的衣钵,也继承了父亲的为政思路,坐上皇位后,封吴皇后为皇太后,吴皇后去世后,刘禅又封她为穆皇后——这是副职,封自己的母亲为昭烈皇后——这是正职。

(2004年游于武侯祠)

二十七、宝顶山

　　一千年前,微风一如今日清爽和煦,掠过茂密的树梢,掠过月牙形的山岗,掠过清澈的小溪,如吟如诉如歌,如天籁之音。佛曰:风随心动。我们凡人无此慧根,分辨不出风中的梵音。一千年前,风中站着一位消瘦的居士,衣衫褴褛,脚蹬草履,抬眼四望。夕阳下,山、水、林都闪耀着金光。他从风中听到某种召唤,一念如风而起,终身坚韧不拔,千百回的跋涉寻找,就在这里,在这片亘古荒芜的山岗,用毕生的时光为后世留下一片辉煌,一座永恒的宝藏,天上人间,佛国圣殿,大大小小一万五千尊佛像,分布在不到一公里的宝顶山大佛湾的山崖中,这是何等艰巨的壮举。最著名的就是一尊千手观音石刻,一千零七只手仿佛孔雀开屏,每只手都有着不同的姿势和含意。

　　中国著名的四大石窟都包含着皇家的意志,借托国家的力量成就伟业,唯独这宝顶山石窟这份惊世伟业,据说是凭着一个居士的信仰和意志,耗尽家财、心血,依靠信众的帮衬完成的。

　　风,如吟如诉如歌。诵经声相伴着山岗上叮叮当当的开凿声,日日夜夜萦绕在他的耳畔。

　　风,如吟如诉如歌。工匠们说,那是一个女子的歌声,日日夜夜萦绕在他们的耳畔,有时温柔甜蜜,摄人心魄,有时温婉凄凉,催人泪下。

每一个循着歌声找到她的人,不论你看到的是她哪一面的风采,都会为她倾倒。清晨,潺潺流水旁梳理着三千青丝的少女;烈日下,背着竹篓行走在崎岖小路上的少妇;月光下,身穿轻纱蹁跹起舞的歌姬……凡是看到她的人,都会从头到脚逐步变凉,直到再也无法挪动一步,变成一尊石像。

这是佛对每个人的考验。

风中的歌,对困苦劳作的工匠是一个不可抗拒的诱惑。于是,在宝顶山就有那些半成品的普通人的石像,让人唏嘘。这些历经千年风霜的石像,形成了独一无二的风景,最神圣的和最平凡的石像同享着一座石窟,一片山岗,微风和阳光。

对于那位在宝顶山造像的居士来说,世俗的一切诱惑都可以抗拒,唯独内心的困惑无法抗拒。《金刚经》中说"一切诸相,即是非相","若菩萨有我相、人相、众生相,即非菩萨"。而那位居士就是要将无相变为有相,让众生膜拜,这是何等困难的一件事。如若无相,何以见佛?倘若有相,如何成佛?

大佛湾中两百多尊观世音石像无一雷同,等到为千手观音描样时,居士已耗尽心智。就在他苦苦思索时,林中小径缓步走来一个美妙的人影,手提一只竹篮,头插一朵野花,摇曳的身影如同摇曳的柳枝,衣裙在摆动,青丝在摆动,纤手在摆动。天上的云彩也跟着摆动,山间的小溪也跟着摆动。

这个人影正是他苦苦寻觅的身影。

一声叹息如风,绵延千年,他浑身颤抖,一股凉意从头上渐渐蔓延到脚下。那一刻,或许他默念过"一切诸相,即是非相"。为了抵御内心的焦躁,他割去了双耳——不听,弄瞎了双眼——不看。可是他无法挖去自己的心——那个人影永驻在那里。

离宝顶山入口处不远,有一幅二十七米长的石刻,如果没人解释,一定以为是描写乡村牧牛的连环画:一头狂躁的公牛如何被驯服的。也许,这反映的正是那位居士的内心轨迹。他想用世俗的生活场景解释深奥的佛教哲理。

他把这个人影雕刻到山崖上,自己变成一座石像。这是一座奇怪的石像:一个凡人双目紧闭,相伴着精湛的石刻观音。也许他不知道应该虔诚地仰望自己创造的偶像,还是应该热切地张望林中的小路、山间的清溪。

风如歌,千百年来一直在山岗上,在石像耳旁低吟浅唱。千百年后,同样有人在小路旁耐心地徘徊等候,等到变成石像的那刻时光,天老地荒,痴心不改,实现永不可能的可能。

(2002年游于重庆)

二十八、白帝城

游轮从重庆顺流而下,停在瞿塘峡口,白帝城下。

我本以为白帝城在长江的南岸,在一座树木葱茏的山上,隔一条小溪流,掩映在连绵的群山之中。可是一查资料,白帝城竟在长江北岸。或许那是一个傍晚,三峡大坝蓄水之前的一个傍晚,月牙还在群山底下,星光暗淡,失去了方向。长江也不是从东到西一条直线,南北分明,而是曲折蜿蜒。白帝山斜向西南,三面环水,码头要是在西北方向,感觉上白帝城便在南岸了。好多事就是如此,感觉和实际并不一致。走下舷梯,抬头看见一座朦胧的大山,一条仿佛无穷无尽的石阶小道盘旋而上。那些闪闪发亮的景观灯热情地在山顶邀请我们,既来之,则安之,我们决定从山脚开始爬。

白帝城久负盛名,首先要感谢李白。一千多年前,李白站在船头,衣袂飘飘,两岸青山,高猿长啸,他手举酒杯,脚踏节拍,高声吟咏:"朝辞白帝彩云间,千里江陵一日还。两岸猿声啼不住,轻舟已过万重山。"历来文人墨客都为李白的想象力叹服,其用词简练而优美。但其实早在郦道元的《水经注》中已有类似的语句:"有时朝发白帝,暮到江陵。其间千二百里,虽乘奔御风,不以疾也……每至晴初霜旦,林寒涧肃,常有高猿长啸,属引凄异,空谷传响,哀转久绝。"

仅仅一百多字,郦道元便已抓住三峡最主要的特色,写尽三峡风光。一个就是峡深浪急,朝发白帝,暮到江陵;另一个就是原始的自然风貌,高猿长啸,空谷传响。后世名家写三峡虽也佳作频传,但大都用华丽的辞藻罗列三峡景色,能超越郦道元者寥寥。

郦道元是北魏时期著名的地理学家,比李白大上二百岁。他写的《水经注》不但是中国最早的地理书,也是一本文字优美的旅游散文。李白是不是受到《水经注》的启发,"借用"郦道元的词句,从中提炼出这首《早发白帝城》诗也未可知。那时李白刚刚结束辗转千里的流放生活,从四川回江陵,没有比这首诗更能表达他欢快的心情了。文学史上"借鉴与超越"的例子不胜枚举。比如杜甫的《登高》,"无边落木萧萧下,不尽长江滚滚来";再如辛弃疾的"千古兴亡多少事?悠悠,不尽长江滚滚流"。《三国演义》开篇还是杨慎的《临江仙》"滚滚长江东逝水,浪花淘尽英雄。是非成败转头空。青山依旧在,几度夕阳红"呢。

走到半道有一处廊台,我们决定休息一下,一群头戴安全帽的工人也在那里闲聊。我问他们在修什么,他们指指岩石裸露的地方,有点点反光的便是钢钎,一二十米长的钢钎,就是他们扛了上来打入山体,为这座山加固。若是遭遇洪水,大坝不断蓄水的话,白帝城会成为一座孤岛,长年累月浸泡在水中,很容易坍塌。山体是否稳固,不仅关系到白帝城这处古迹的安危,更关系到整个库区乃至三峡大坝的安危。"那每座山都要打钢钎吗?""不是的,要看山的地质。"这群朴素的皮肤黝黑的工人,也是三峡大坝的建设者,是寻常人难以想象其艰苦的一群建设者。他们担得起"建设者"这个名称。他们自称打工者,辛辛苦苦只想着养家糊口。三峡大坝的雄姿屹立在蓝天白云之下,滔滔江水之中,这是一个前无古人的杰作,这是无数个平凡劳动者的杰作。他们或许没有意识到,三峡是一个多么宏伟而又巨大的系统工程,每个人的角色或许看起来微不足道,但正是他们每个人的力量汇聚起来创造了一部灿烂的历史。好多事就是如此,并不是每个人都抱着崇高的理想在工作,但是每个人的工作都在实实在在地创造历史。

　　这个世界上也有许多人把自己定位为创造历史的人。刘备就是其中之一,彼时斜躺床上,泪眼婆娑的他后悔不听诸葛亮的劝告,一定要灭了东吴为两位桃园结义的兄弟报仇,结果兵败,害得他无颜面对益州的父老乡亲,困守白帝山上。益州百姓把儿子、丈夫交出来,不是为了刘备一己私利,而是为了复兴汉室,是为了国家。当年隆中,诸葛亮提出的战略方针就是联吴抗曹,各个击破,徐图天下。刘备把兄弟情谊置于国家兴亡之上,明知兄弟的脾气性格却眼开眼闭,造成兵败的局面,自己一病不起,只好想想身后事了。刘备深刻反思,觉得真要蜀国强大起来,真要传承他的事业,实现复兴汉室的理想,只有一个人,一个旷世奇才能做到。刘备没有直接说这事交给诸葛亮,他话到嘴边变成:"你看我家儿子行不行?你看行,你就帮帮他。你看不行,你自己当一把手吧。"

　　诸葛亮顿时冷汗直冒,湿透衣衫,跪在地上,接连磕头。刘备看到诸葛亮磕出的一头鲜血,长舒一口气,缓缓交代各事项。好多事就是如此,想的和做的不一样。

　　已是半夜时分,游轮又要启航了。滚滚长江千回百转,不改东流入大海。

(2002 年游于三峡)

二十九、神女峰

游轮半夜启航,都是计划好的,让我们睡个好觉,天亮以后可以观赏神女峰。想看的人都早早站在甲板上。神女峰有个美丽的传说,说它是王母娘娘的小女儿瑶姬贪恋巫山十二峰的景色幻化而成的。据说每天清晨瑶姬都会身披飘逸的白纱,掬起长江水,梳理自己乌黑的长发。于是,神女峰变成了女神。甲板上的游客有的说像,有的说不像。

我身边的同伴微微一笑:"你听说过歌德之囧吗?"见我一脸疑惑,他继续说道:

歌德那年十七岁,在绿草茵茵的马场上,他看见一个少女轻盈地跨过栏杆,就像一支弹力十足的弓箭。少女和绿草一色的衣衫卷动微风,吹遍整个马场,马儿打着响鼻,用力嗅着那一丝淡淡的幽香。少女的那张脸,那张草原上的百合花一样的脸,回头扫了一眼歌德。这一眼,歌德神魂颠倒了好几年。

"17号,"女孩问道,"谁是17号?"17真是一个幸运的号码。歌德牵的那匹纯白的马正是17号。

在那个春天,歌德总是期待着这一刻——少女准时来到马场练习骑马。然而等到再次看见雪飘的时候,歌德再也看不见这个少女了。

歌德为这个少女写下了《少年维特的烦恼》，绿蒂成了维特至死不渝的女神，但是绿蒂没有选择维特。五十年后歌德和当年的少女重逢，彼时的少女已是一位华贵的妇女。看到眼前的贵妇，一脸茫然的歌德问道："你是绿蒂？"两人相对而坐却无话可说。小说还在，那些热烈而动人的词句还在，歌德却一句也想不起来。当年是这样写的吗？歌德对心中的女神一无所知，两人在生活中也没有一丝一毫的交织。

其实，关于绿蒂当初的选择，最好的答案就是永远也不要知道答案。

歌德或许会想，中国人真是有大智慧，古人早已表明了对女神应持的态度，"相处不如远观，相见不如不见"。不见是梦中情人，见了是梦醒时分。

这位老兄的话有几分真几分假，应打几个问号。那本小说我曾经翻过几页，实在看不下去。那个时代背景下的思维方式、叙述方式，现在的年轻人或许更看不下去。

这位老兄莫测高深地一笑，或许笑我入了他的坑。他平静地说道：

神女峰最初可能是纤夫的幻想。拉纤、挖煤、放排，这是世上三件最苦的活儿。过去长江上走船，逆流而上，都是纤夫拉上去的，一来一回几个月，险滩恶浪，不知吞噬了多少生命，能不想家吗？能不想自己的心上之人吗？远远地看到在晨雾中朦胧的神女峰，都会想象成自己的心上人。山上打柴的樵夫们绝不会把一块什么也不长的光秃秃的石头当作宝贝，或许有不少文人雅士倒是会精雕细琢视若珍宝。

我哑然失笑。他旋即又补充道："无论纤夫还是文人，有时候都需要这样的幻想，这是对现实生活的一种安慰。"

那一年，神女峰下还没有码头。我要庆幸那一年还没有码头，要不然辛辛苦苦爬上去，会不会对传说中的女神深感失望呢？

(2002年游于神女峰)

三十、昭君墓

我们北上的火车停在哈尔滨的三棵树,然后我们转乘更慢的火车到加格达奇,再坐汽车沿着林区公路北上。前后整整七天,我们终于到达现在的热门打卡地,号称"中国的北极"的漠河。其实画一条直线,所谓最北端,准确地说是漠河管辖下的村庄北红。我们就是这批将在北红战天斗地的知青。

当我们站在冰天雪地之中,啃着馒头,喝着没有油水的土豆汤,看着一轮明月照亮黑龙江,一腔的热情早已冻成硬邦邦的冰凌。两千多年前,王昭君北上,远嫁南匈奴呼韩邪单于,再也看不见三峡的群山,再也听不见长江的涛声,只看见白云走天边,只听见狼嚎震草原。如果时光可以倒流回两千多年前,我一定要对王昭君说一声:"昭君姐,我们才七天,已经疲惫不堪。你坐在马车上一路颠簸,也许要七十天。你比我们更辛苦。我们是被时代的洪流卷进这场大潮,那你为什么要远嫁漠漠塞外,你明明可以有选择的余地?"

王昭君是中国古代四大美女之一,出生于湖北省秭归县(今湖北省兴山县昭君村)。昭君才貌俱佳,声名传至京城。公元前36年,汉元帝遍选天下秀女。仲春时节,柳絮漫天,十六岁的王昭君泪别父母乡亲,登上龙凤官船入长江,逆汉水,过秦岭,历时三月之久,于同年初夏到达京城长安,为掖庭待诏。待诏,就是等待皇帝的召唤。五年之后,南匈奴单于呼韩邪来朝,自请为婿,汉元帝应允,召五女以示之。《后汉书》上说昭君"丰容靓饰,光明汉宫,顾影徊,竦动左右。帝见大惊,意欲留之,而难于失信,遂与匈奴"。

如果时间真的可以倒流,我们能有幸坐在上林苑中,观赏一湖绿水,三山美景,品尝皇家美味,那么也会有幸参加汉元帝为呼韩邪送行,也是为王昭君送行举办的盛大宴会。五年来,汉元帝第一次见到王昭君。同样,五年来,王昭君也是第一次见到汉元帝。

有些机灵的大臣看出皇上的心思,暗暗埋怨王昭君:你自负清高一身正气,自信天生丽质,不屑行贿宫廷画师,让我们皇上失去了挑选的机会,如今才知道命运最会作弄人,也作弄了皇上。你一定是坐了五年冷板凳,心生怨恨,主动请求嫁与单于,存心给皇上难堪,出一口怨气。王昭君啊王昭君,留在汉宫享受汉皇的恩泽是正道,哪怕冷板凳坐到死,也是你的本分,怎么可以主动嫁给一个胡人,甘愿受苦受难?如果皇上点你名,赐予胡人,那才是皇上的恩惠。个人的幸福在集体的幸福面前不值一提。哪怕皇上强迫你去和亲,你奉献个人的一切,也将是一件青史留名的大事。

王昭君远去之后,汉元帝要做的第一件事,就是砍了宫廷画师毛延寿的脑袋。

昭君墓和虎丘差不多高,一个是天然之作,一个是人工夯成。孤立在大黑河边,正如杜甫所说"一去紫台连朔漠,独留青冢向黄昏"。可想而知,在生产力极其低下的古代,需要动员多少草原勇士才能筑起这样一座宏伟的墓陵。站在昭君墓顶的凉亭,瞭望无垠的草原,思绪也会随着蓝天上的苍鹰翱翔,仿佛若有若无的琵琶声诉说着王昭君的心曲。历代文人为王昭君写下无数的诗篇,都是抱着同情和惋惜的态度,只有王安石的《明妃曲》别具一格,说出几分真话:"意态由来画不成,当时枉杀毛延寿。"一个人的气质是画不出来的,嫁与汉人也好胡人也好,"人生乐在相知心"。王昭君嫁与呼韩邪仅仅数年,呼韩邪就病死了，王昭君托人传信，希望回到家乡。汉元帝的儿子汉成帝回复道：你就留在漠南继续做贡献吧。王昭君被迫按草原的习俗嫁给呼韩邪的儿子。王昭君仅仅活了三十多岁，在毡房中羊皮上病倒后的最后的日子里，她有没有后悔自己当初的选择，有没有认为她的痛苦和牺牲并不是理所当然的？

在墓前有一尊高达数米的紫铜雕塑，呼韩邪和王昭君骑着马并肩而行，两人相对而视，神采飞扬。我打量着雕塑，沉思了许久：这是真实的王昭君，还是现代人想象中的王昭君？要想走进两千多年前王昭君的内心，那是多么难的一件事。

（2005年到昭君墓）

三十一、敬亭山

那是一辆最早出厂的上海牌小轿车,行驶在三十多年前的沙石路面上,卷起滚滚尘烟。马路两侧都是连绵起伏的山丘,当地人把这些山丘开垦成茶园,一排排茶树整齐地排列在山坡上。或许是夏天的阳光太过炽热,所有的茶树都无精打采,灰头土脸。

司机说:"这就是敬亭山。车不停了。"眼前的破败景象让人惊诧,生怕被带错地方,但司机再次强调:"错不了。这条路我都跑了十几趟了。"

那么有名的敬亭山,只是一座种满茶树的小山坡。敬亭山能够有名,当然要感谢李白。"众鸟高飞尽,孤云独去闲。相看两不厌,只有敬亭山。"我十分好奇李白到底看见什么了,可以看不厌。

敬亭山在安徽宣城,李白最后几年就在安徽度过,留下不少诗篇。还有一首提到敬亭山的诗,是写给他的好友崔侍御的《我家敬亭下》,在这首诗中李白写道:"世路如秋风,相逢尽萧索。"推算起来当时李白应为五十多岁,好像客居在敬亭山下的某个农庄里,在闲暇无事的时候,就上山看看田野风光,看看天上云彩,回想当年"仰天大笑出门去""五花马,千金裘""兴酣落笔摇五岳,诗成笑傲凌沧洲"。他想着自己从一个提剑遨游天下的少年,历经人世沧桑,朝廷变故,变成了一个没有青丝的老者,感叹往事如尘烟。"欲渡黄河冰塞川,将登太行雪满山"。哪怕李白天性自负狂放,也有伤感落寂的时候,也有不想与人叙说内心的时候,也有无奈期待的时候,"长风破浪会有时,直挂云帆济沧海"。

　　那么有名的敬亭山,我只从车窗里瞄了一眼。那时的我还读不懂敬亭山。要想读懂敬亭山,或许要等到满头白发之时,等到亲朋好友离去之时,等到门前冷落车马稀之时。或许要像李白一样伫立在空无一人空无一物的山上,任凭云卷云舒,日出日落。那时,或许你也会写出《独坐敬亭山》《独坐阳台》《独坐海边》《独坐街沿》等等。柳宗元读懂了,所以写下"千山鸟飞绝,万径人踪灭。孤舟蓑笠翁,独钓寒江雪"。

(约 1987 年游于敬亭山)

三十二、采石矶

李白有一首诗叫《夜泊牛渚怀古》,"牛渚西江夜,青天无片云。登舟望秋月,空忆谢将军"说的就是采石矶的夜景。诗中的谢将军说的正是东晋谢尚,其驻守牛渚时,月夜泛舟,听到袁宏朗诵咏史之作,大为欣赏。李白这首诗后半节的意思,就是希望有人像谢将军一样也能欣赏他的才华。如果李白是南宋诗人,第四句可能会改成"空忆虞丞相",后半节也将重写。

牛渚矶也好,采石矶也好,都来源于美丽的传说。相传古时候这里有金牛出渚,故叫牛渚矶。后来天干大旱,有一小和尚为民掘井得到五彩宝石,老百姓为了纪念这个小和尚改为采石矶。当然最出名的就是李白七上采石矶写下许多诗歌和他的"醉酒捉月,骑鲸升天"的传说。我那一年到采石矶游玩,是想沾一点李白的仙气。那是1976年,围绕李白重修的许多景点,太白楼、李白纪念馆、李白墓、捉月台等一概全无。印象中最深刻的就是三元洞。这是采石矶最大的一处天然石洞,洞在峭壁之上,下临长江,巨浪触手可及,从洞中的豁口看出去,江上巨轮穿梭,江中日月沉浮。三元洞也是长江洪水的见证者,洪水最凶猛的时候,三元洞只得隐没水下。采石矶向东百里便是南京,自古就是南京的屏障以及兵家要地,萧萧马嘶,猎猎旗扬,金

戈铁马,血流长江,操船舵,挽弓箭,铮铮的铁骨和绵绵的诗情并立在采石矶上。有这样一则故事:

绍兴三十一年(1161),金海陵王完颜亮统率金军主力越过淮河,进迫长江。两淮前线宋军溃败,金军如入无人之境。虞允文时任督视江淮军马府参谋军事,被派往采石犒师,正值金海陵王大军谋由采石渡江。原来负责督军的主帅李显忠还未赶到,虞允文见形势危急,亲自督师,向当时军心散漫的士兵演说:"若金军成功渡江,你们又能逃往哪里?现在我军控制着大江,若凭借长江天险,为何不能于死里求生?何况朝廷养兵三十年,为什么诸位不能与敌血战以报效国家?"虞允文身先士卒,团结士兵,振奋军心,并随即把散处沿江各处无所统辖的军队迅速统合起来,巧妙利用地形设伏,以一万八千兵力与十五万金军决战于采石矶,结果大败金军,赢得了著名的"采石大捷"。

古书上评价虞允文:身姿雄伟,慷慨磊落有大志,言动有度。早以文学致身台阁,晚际时艰,出入将相垂二十年,孜孜忠勤无二焉。采石一战,宋朝转危为安,犹如赤壁一胜而三国势成,淮淝一胜而南北势定。

我无法想象当年南宋的一介书生虞允文是如何受命于危急之时,以民族大义鼓舞士兵,以少胜多,让完颜亮在采石矶折戟沉沙,力挫南侵金军主力,打破了完颜亮渡江南侵,灭亡宋廷的计划,使宋军在宋金战争中占据有利地位。我们的民族要有李白,更要有虞允文。

(1976年游于采石矶)

三十三、望龙庵

　　我这代人,虽然没有读多少书,但也有一个成长过程中不可少的毛病,就是现在常说的"文青",就是偷偷摸摸写一些诗呀小说呀。数十年风雨人生,回过头去看当年的习作,哑然失笑,毫不留情地付之一炬。但也有少量不舍得"毁尸灭迹"的,姑且留之。比如我在游访至望龙庵时所作的小诗:

　　数枝青篁出墙头,田畴小庵抱陇中。
　　焚香本是清静地,曾叫长江走蛟龙。

　　望龙庵不是虚构的,而是真实存在于安庆枞阳境内。20世纪80年代初,在平整的田野中间,立着一道暗红的围墙,里面有几间瓦房,一间正殿,忘记了供奉的是哪路神仙。我偶尔会从那里路过。院子很小,青砖铺地,一尘不染。靠墙有几株青翠的竹子,伸出围墙,伸向蓝天。这种极其平常的小庵,到处都有,吸引我的是门口的一块牌子,上面竟标明这个小庵是省级重点文物保护单位,太平天国会议旧址。

　　我来了兴趣,走进小院,里面有几位师太正忙着整理农具,任我东看看西望望,把我当作不沾镜台的一粒尘埃。像这种无名的小庵,指望不上香火钱,完全靠自己养活自己,还要供奉菩萨,静心修行。我想不通太平天国怎么会在这样的地方开会,那是一个何等重要的会,是谁召开的会,能让后人挂上重点文物的牌子。

多年前寻找资料很不方便,我对太平天国只停留在课本中农民起义的概念上,如果说1856年天京事变是太平天国运动的转折点,那么1860年开始的安庆之战,正是生死存亡的一战。算起来,太平天国只存续了短短的十五年,曾国藩采用"结硬寨,打呆仗"的作战方针围困安庆,天王洪秀全坐在天京的宫中筹划,派谁去解围呢?西王、南王早已战死,东王杨秀清被自己密诏的北王韦昌辉所杀,韦昌辉又被自己清算,翼王石达开,一看不妙,自己拉了人马单干。只有新封的英王陈玉成、忠王李秀成可用。李秀成在江南,陈玉成在庐州,到安庆不过几百里地。

陈玉成信心满满,不久之前在三河镇全歼解救庐州的湘军主力李续宾部近万人。这样看来故事最有可能是这样的:

陈玉成走到离安庆城不远的枞阳,在一片旷野中安营扎寨,这座庵堂在满目秋色中分外显眼。他的副将请英王先到庵里歇一歇。陈玉成走进小院,看到院内一尘不染,几个师太在整理农具,对前呼后拥的一大帮人视而不见。

副将大声喝道:"英王驾到,还不拜迎。"

一个师太双手合十:"哦。没有想到能打硬仗的英王如此年轻,后生可畏。请英王见谅,出家人只拜菩萨。"

副将抽出刀,陈玉成一摆手,觉得这个师太不简单。他对副将说:"你去召集各路头领,就在此开个会,看看如何解安庆之危。"

他回过头,存心戏问道:"师太,看来你也在关心战局。你看如何解安庆之危?"

师太答:"城门失火,殃及池鱼。贫僧只知一日三餐要靠三亩良田,一生普度要靠千年修行。或许多种几年地,就能解安庆之危。"

陈玉成大笑,晃了晃手中的刀,示意师太打胜仗还是要靠这个。仅仅一年后,陈玉成坐在囚车中,回想安庆之败的种种原因,师太的话犹在耳边:或许多种几年地,就能解安庆之危。

从当时的战局来说,陈玉成把兵力部署在集贤关,离安庆十多里地,形成犄角之势。若长期与湘军对峙,谁胜谁败很难说,但当时他只能速战而不可久持。湘军依托水军依托长江,不需为粮草担忧,可这些陈玉成没有。湘军可以很快补充兵员,陈玉成也没有。就连天王洪秀全自己也已山穷水尽,连粮草都靠搜刮而来。如果太平军每到一个地方,让老百姓安安稳稳多种几年地,老百姓愿意拿出粮草,是不是又是另一种局面呢?

(1981年游于望龙庵)

三十四、旌德文庙

　　方向盘掌握在老兄手里,我们只能听他摆布。老兄说:"到旌德去看看。你们到徽州玩,只知道黄山、徽州老街,要么到黟县看看古村落。就像那些目光短浅急着要政绩的官员,把历史悠久的徽州改成黄山市。徽州能装得下黄山,黄山还能包容得下徽州吗?古徽州一府六县,一千多年没有变过,可惜婺源后来划给江西了。旌德离黄山才几十里地,有一段时间也归徽州,1988年才划给宣城。那里有一座文庙是重点文物建筑,听说很有灵气。"

　　我们问:"你怎么知道的?"

　　他说自己年轻时被分配在那里。

　　他说他在的那一年小城还保持着几百年前的风貌。可能这里离黄山不远,有着得天独厚的自然环境和人文环境,依山而建,临水而修,河如一弯新月,城如一把扇面。小城只有一条青石板的街道,弯成一张弓。两边是百年民居,开着几家杂货店。河中垒起一道石坝,蓄起一汪清水。长石条筑成的水桥有百把米长,桥上蹲着小城里勤劳而又秀气的女人,一边淘米洗菜,捶打衣服,一边交头接耳,家长里短。

　　傍晚时候,洗过澡,坐在木板小屋外的晒台上,水桥近在眼前。他在欣赏旌阳的女子,女子也在偷偷关注这个城里来的学生。他装模作样看向不远处的山峦,归巢的一行白鹭渐渐远去。

那天,他走过杂货店,看见一位姑娘在熟练地撕一本书,扯下一页,包些糖啊之类的东西。他问:"能给我看看什么书吗?"姑娘望了他一眼:"你是上海来的学生吧。给。"那是一本古小说,还剩半本。有这么半本书,可以打发多余的无聊枯燥。"我下次来拿报纸换你的书,可千万别撕了。""一本破书,拿去好了。"下次去,姑娘问:"那书讲什么?"他存心逗她:"这本书讲你这里有一座文庙,庙里住着一位赶考的秀才。一天他看到一位女子在庙门外哭泣,他问为何哭泣。那女子说,她和父母想去投靠在杭州做生意的大伯,没想到兵荒马乱,走失了。秀才可怜那女子就收留下来,后来他们养了一大帮儿女。男孩特别聪明,女孩特别漂亮。祭拜孔圣人的那天,不知是谁带了一只猎犬,狗吠声一下子把那女子吓出了原形——原来是后山的一只狐狸。"那姑娘突然反应过来,拿起拷酒的竹筒要打他。

后来,他常到这小店坐坐。他想买块凭票供应的肥皂之类,女孩总是给他留好。这女孩就像所有的徽州女子一样能干,店里零拷的酱油、白酒,都是她独自挑两只桶到酱油厂、酒厂进货,走在石板路上,如同刮过一阵风。女孩年龄应该不小了,不知为什么还没嫁人,在这闭塞的小地方要被人笑话的。

那女孩说:"我看你老是皱着眉头,一定是想回上海?我们这里的文庙很灵的。你诚心去求,一定应验的。"她拿出一把香,用纸包好。他说:"那文庙不是一直封闭着?"女孩说:"你咋这么呆,不能偷着去烧把香?走,我陪你去。"

那文庙果然很灵。

他回城前到小店告别。女孩问:"回上海了,还来吗?"

多幼稚的问题。

女孩又说:"到我家坐坐,很近,就在城外。"

他就跟着她出了城。走的路似曾相识,两边的竹林摇曳多姿。再往上走,有一道竹篱笆,围起一小块场地,一座小小的农舍,墙、门、窗都已斑驳。场地上,有女孩家里编织的篮、箩、筐、箕一类的竹制品,用于换钱补贴家用。细细的竹篾在夕阳下泛出一丝亮光。

他注意到她家里都是竹制品,竹床,竹桌子,竹椅子,梁上还挂着竹饭篮。屋后有一片竹林,颜色和别的竹子不同,竹竿发紫。他就问:"这是什么竹子?"

"紫竹。"

她说她爷爷年轻时在外做生意,到过芜湖、南京、上海、杭州,这竹子还是从普陀山带回的苗,现在长成一大片了。这竹子特别好看,做箫最好了。

他问:"这篾匠活都是男的干,你怎么也会?"

女孩说:"爷爷常年在外,奶奶一个人在家自己就学会了。我是跟奶奶学的。"

他说:"你奶奶真会过日子。"

女孩说:"徽州的女子都会守家过日子。"

女孩又问:"你上次讲的故事叫什么名字?"

那是《搜神记》上的一则故事。后半段他没跟女孩说,结局是人们为了解救被狐狸蛊惑的秀才,放出了几十只猎犬。

女孩又说:"到了上海,写个信来,报个平安。就写何丽丽杂货店收。"

上海人何、吴、胡读音不分,怪不得他讲狐狸阿紫的故事时她会跳起来。

他随意地点点头。一到上海便把这事忘得一干二净。今日碰巧,故地重游,现在想来,这女孩心气很高。

我们都听出他话中复杂的情绪,忙说:"理解理解。"那个年代大山里的女孩,想要走出大山多不容易,哪怕想以终身托付也无处可托。青山还在,徽水还在,文庙也在,已经修缮一新,若是找不到那片紫竹林,就去看看文庙吧。

(约 1976 年第一次到旌德)

三十五、小孤山

世事就是如此,皇上找了一个借口让苏东坡坐上几年大狱,然后又格外施恩发配到黄州当一个团练副使,苏东坡还要躬身谢恩。大约在湖北兜兜转转好几年,又调到河南当什么团练副使。苏东坡恐怕这一别不知哪一年能再来,于是从长江坐船顺流而下,想要弯到江西看望在那里为官的弟弟苏辙。于是就有了白天登庐山夜游石钟山,走一路看一路的风景。

这天奔波后,夜色已浓,苏东坡坐在禅林的竹床上按摩双膝,心想自己还不到五十,怎么经不起一点劳累了。忽然听到轻轻的敲门声:"苏大人在吗?"苏东坡一惊,深更半夜禅林之中怎么会有一个妇人的声音?"苏大人不必疑虑。您出来便知我是谁。"苏东坡天性开朗乐观,奇闻轶事也经历不少,于是开门而出。院中站着一位中年女子,手里握着一把桨,满脸笑容:"不愧是苏大人,不信妖不信邪。您今日若是闭门不出,恐将留下一个终身遗憾。"苏东坡说:"什么遗憾?"那妇人说:"你到庐山题了诗,你到石钟山写了文章,你曾写过一首诗,人人赞不绝口。可是你从来没有去过该地,你怎么知道写的对与不对。我带你去实地看一看。"

苏东坡不由自己,坐上了一叶小舟。刚划出湖口,天色已蒙蒙亮。那是一个好天气,远远就能望见长江波涛中的一座孤岛,奇峰突兀,山上的树木郁郁葱葱,和对岸的彭浪矶形成一道隘口,水流受到约束,陡然变得汹涌湍急。船在激流中一起一伏,那座孤岛和着节拍一高一低。苏东坡想:这一定是以"奇、险、孤、独"著称的小孤山。他顿时记起六年之前曾在徐州一位友人家中见到唐代画师李思训的《长江绝岛图》,画的就是小孤山和大孤山。看画上的山和看大自然中的山,感觉绝然不同。画上的山已被画家固定,大自然中的山就像有了生命,千变万化。从不同的角度看,小孤山呈现不同的形态:西观如悬钟,南望如笔锋,东看就像一把太师椅。苏东坡还记得当时应友人请求在画上题写了一首诗:

山苍苍,水茫茫,大孤小孤江中央。
崖崩路绝猿鸟去,唯有乔木挽天长。
客舟何处来?棹歌中流声抑扬。
沙平风软望不到,孤山久与船低昂。
峨峨两烟鬟,晓镜开新妆。
舟中贾客莫漫狂,"小姑"前年嫁"彭郎"。

那么,请他实地探访小孤山的划船女子会不会真的是那位小姑娘娘?苏东坡一转头,哪有什么中年女子,他不过靠着竹床打了个盹罢了。

(约20世纪80年代初游于小孤山)

三十六、翠微亭

数十年前的池州,风光应与唐代相差不多。清明时节,阴雨连绵,两三行人在泥泞的土路上跋涉,江边的杨柳孤独而又多情地舞动。牧童身披蓑衣,戴着斗笠,牵着水牛,在草地上逗留。远处隐隐露出茅屋数间,传来犬吠数声。这种最平常的乡村风景,对于绝大多数人来说,无情可抒,无话可说,无景可写,冒雨前行的怨气肯定多于闲淡的欣赏。只有杜牧有这般好才情,写下:

清明时节雨纷纷,路上行人欲断魂。
借问酒家何处有?牧童遥指杏花村。(《清明》)

杜牧面对人们习以为常的乡村风景,妙笔生花,用最简单的词句组成一幅充满想象的画卷。在清明时节断魂的行人,可能是为失去的亲人,也可能是为失去的前程;可能为失败的经商,也可能为失败的恋情。杜牧没有说他为了什么断魂,为了什么需要借酒浇愁,后世的读者分析道:杜牧生于晚唐,看到衰败的气象,故诗里有着忧国忧民的含义。这么一首空灵的小诗,能不能承担起如此重量?在我看来,杜牧想要喝酒,大概是在池州有了空闲,回顾往事,有着说不清道不明的情绪,所以诗中什么都没有说,又像什么都说到了。杜牧诗名天下尽知,可在现实生活中并不顺遂。杜牧任池州刺史时已经四十二岁,来到这荒山僻野,想起青年时代在扬州恣意风流的时光,自是不可同日而语。

算起来,杜牧二十三岁便写出了《阿房宫赋》,名闻天下。二十六岁进士及第,有了做官的资格,可只做了一个弘文馆校书郎,相当于国家养起来的闲职。三十岁时应淮南节度使牛僧孺邀请,来到唐代最繁华的城市——扬州,在其幕府任推官。谁知这也是一个无关紧要的闲职。一时之间,有钱有闲的杜牧在万花丛中迷了眼,成了青楼歌榭里的常客。两年之后,朝廷想起杜牧来了,任命其为监察御史,于是杜牧离开扬州赴长安任职。面对红颜知己,杜牧万般不舍,遂作诗一首。

娉娉袅袅十三余,豆蔻梢头二月初。
春风十里扬州路,卷上珠帘总不如。(《赠别二首·其一》)

他又说:蜡烛有心还惜别,替人垂泪到天明。
可是当杜牧站在池州的长江边上,习习江风吹醒了他,齐山的寂静提醒了他,当年的激情经过十年的冷却,十年的世事沧桑,不过是天边的一缕云烟。再回过头来看,当年依依不舍的佳人今天又在送谁呢?会不会想起他来?难道再空自蹉跎,再虚度十年?

落魄江湖载酒行,楚腰纤细掌中轻。
十年一觉扬州梦,赢得青楼薄幸名。(《遣怀》)

池州虽然是小地方,但也有如画的风景。杜牧数次登上城外的齐山,向东遥望,何处竹西路,笙歌满扬州;向北遥望,一江春水,永无止息,奔腾入海;向南遥望,九华如莲花,烟雨扫寺院;向西遥望,谁在九霄锻金钩,鄱阳翻作蘸水盆。站在齐山之上,遥望扬州,杜牧不是只想到那些歌女,还有曾经的同事、朋友。

青山隐隐水迢迢,秋尽江南草未凋。
二十四桥明月夜,玉人何处教吹箫。(《寄扬州韩绰判官》)

二十四桥自此青史留名。到扬州瘦西湖,就能见到这座桥。不过,杜牧说的二十四桥,或许真的有此桥,或许是用二十四桥来指代水乡扬州造型各异的所有的桥梁。桥上的玉人一定是那个风姿绰约的好友。

扬州的美景、美女、美食,都深深印刻在杜牧心底,值得他一生留恋和怀念。十年的光阴,或许杜牧有所觉悟,或许是听从了牛僧孺的劝告,告别了扬州,也告别了年少时的风流韵事。后期的诗中再也见不到袅袅婷婷细楚腰,只有巧借东风赤壁沉戈。

这么美妙的齐山,林木葱茏,怎么可以空无一物,总要有点人工建筑。于是杜牧造了一间亭子,取名"翠微亭",经常和友人相邀登高:

江涵秋影雁初飞,与客携壶上翠微。
尘世难逢开口笑,菊花须插满头归。
但将酩酊酬佳节,不用登临恨落晖。
古往今来只如此,牛山何必独沾衣。(《九日齐山登高》)

杜牧看起来在池州过得很潇洒,但心底还是时常感到隐隐不安,无处可问故乡长安的消息,只能问南飞的大雁:长安可安?

萧萧山路穷秋雨,淅淅溪风一岸蒲。
为问寒沙新到雁,来时还下杜陵无。(《秋浦途中》)

他没有想到,这间登高望远供人歇脚的亭子,一千多年以后变成了著名的名胜古迹。

在杭州飞来峰也有一亭子叫翠微亭,北京香山、南通狼山上也有翠微亭,但都没有池州齐山的翠微亭历史悠久,也没有齐山的翠微亭有名。这不光和杜牧有关,也和一个历史名人有关。这个人就是岳飞。

1134年,金兀术和伪齐刘豫的军队联合南侵。张浚任统帅,统一指挥各路抗金部队。岳飞就驻扎在池州,空闲时候,也会登上齐山,思古忱今。岳飞饱读诗书,自然知道翠微亭的来历。中军帐里,一盏油灯,营帐之外,画角长鸣,铁戈闪亮。闲暇时,岳飞不可能只读兵书,也会读一些诗词曲赋。在池州时,他当然对杜牧的《泊秦淮》更有感触。

烟笼寒水月笼沙,夜泊秦淮近酒家。
商女不知亡国恨,隔江犹唱后庭花。

登上齐山自然会想起杜牧的《山行》。

远上寒山石径斜,白云生处有人家。
停车坐爱枫林晚,霜叶红于二月花。

于是岳飞也留下一首《池州翠微亭》。

经年尘土满征衣,特特寻芳上翠微。
好水好山看不足,马蹄催趁月明归。

岳飞心中的好山好水,就是家国社稷。当听到抗金名将张浚统帅出征,他即写下著名的《送紫岩先生北伐》。

号令风霆迅,天声动北陬。长驱渡河洛,直捣向燕幽。
马蹀阏氏血,旗枭可汗头。归来报明主,恢复旧神州。

（约 1979 年游于翠微亭）

三十七、太阳岛

东北人说话有一个非常特别的地方,尤其是哈尔滨人,每一句话都有"哈"字。我们说"哈哈大笑","哈"字是平声。但到了哈尔滨人嘴中,表达问候时说的"你好吗?哈。"哈得又轻又快,仿佛是顺便带出来的。如果"哈"在一句话的前面先说出来,用的是悠扬婉转的上声,后面必定是问号,充满诧异和疑虑;如果用的是去声,后面必定是感叹号,带着兴奋和高昂的情绪。

在东北的那几年,我春节时只要能请出假,就回上海过年。每次都是在哈尔滨坐直达上海的火车。等车的空闲时间,依仗着两条腿,我也算是把哈尔滨市中心逛遍了。毫无疑问,具有俄罗斯风貌的中央大街最有特色了,还有就是那个大商场。如果你问:"太阳岛怎么走?"哈尔滨人把眼睛瞪成鸽子蛋般大:"哈?太阳岛?!您哪疙瘩来的?哈。"如果问:"哈尔滨是什么意思?"他们会骄傲地告诉你:"那是大清的普通话,天鹅之乡。哈。"如果你说:"这名字太美了。"他们一拍大腿:"哈!就是。"一百多年前,哈尔滨还是松花江畔的一片荒滩,天鹅的故乡。

那时根本不存在旅游一说,也根本不存在太阳岛这个说法。

太阳岛是被郑绪岚唱出来的。这首歌叫《太阳岛上》,是王立平为纪录片《哈尔滨的夏天》创作的主题曲。明媚的阳光下,美丽的太阳岛上,姑娘们穿着泳装,小伙子们拿着猎枪……1981年,随着纪录片《哈尔滨的夏天》在电视上的正式播出,这首歌红遍大江南北。到哈尔滨的人都在问:"太阳岛怎么走?"哈尔滨人在"哈。哈?哈!"之后,灵光一闪,就在松花江上找了一座荒无人烟的沙洲——拿着枪可以打猎的地方必定是荒无人烟的地方。哈尔滨人把这片沙洲建得美轮美奂,名字哈,现成的,"太阳岛"。

(1971年和1973年两次在哈尔滨转车回沪)

三十八、纳兰驿道

说来惭愧,十几年前刚刚晓得这世上来过诗人纳兰性德。国学大师王国维评价:北宋以来,一人而已。现代人介绍纳兰性德是康熙手下大学士明珠的长子,出生富贵,却天生一颗情种,一段柔肠,在花前月下,在大漠天涯,低声吟唱无穷的忧伤,唱到三十岁,人生戛然而止。读他哀婉凄美的《饮水词》,几次放手,几次续读,能读出他对故园的思念,对友人的挂念,对情人的思恋,对亡妻的追思,情感直击人心。纳兰性德还是康熙的一等侍卫,几次随康熙出巡,写下不少边塞诗词。

山一程,水一程。身向榆关那畔行,夜深千帐灯。
风一更,雪一更。聒碎乡心梦不成,故园无此声。

后世对这首《长相思》评价非常高,尤其对"夜深千帐灯"这一句,把它和王维的"大漠孤烟直,长河落日圆"并列。可我总觉得,这首词和唐代的边塞诗相比,少了唐诗始终如一的磅礴气势和豪迈激情。前半阕豪情万丈,后半阕儿女情长。不过这首词有明确的写作年代,即康熙二十一年(1682)三月随皇帝东巡出山海关时作。纳兰性德最好的边塞作品是《蝶恋花》,读该词时历史沧桑感扑面而来。

今古河山无定据。画角声中,牧马频来去。满目荒凉谁可语?西风吹老丹枫树。

从前幽怨应无数。铁马金戈,青冢黄昏路。一往情深深几许,深山夕照深秋雨。

我写这些不是在品鉴纳兰性德的词——升斗小民有什么资格去评价大师之作,而是对《蝶恋花》的写作年代产生了兴趣。它和《长相思》写于同年,只不过是在秋天,它让我想起那条在山岗上逶迤,在密林中穿行,在雪原上起伏的驿道。驿道不宽,夏秋季节两匹马可以并行,寒冬腊月两架爬犁可以交汇通过。

清朝康熙年代是一个辉煌的年代,也是一个危机四伏的年代,西南暗流涌动,西北马蹄声急,东南炮舰轰鸣,东北刀枪闪亮。沙俄的冒险家们在清顺治三年(1646)到外兴安岭、黑龙江流域跑了一圈,提出用武力占有的策略。1653年起,沙俄屡屡进犯清朝边界。三十多年后爆发了两次雅克萨之战,清朝将领萨布素、彭春依靠索伦兵战胜了侵略者。1689年,双方签订了《尼布楚条约》,从法律上确立了黑龙江和乌苏里江流域包括库页岛在内的广大地区属于中国。

1682年8月,二十八岁的纳兰性德奉旨和副都统朗谈、彭春率军出使梭龙,也就是在雅克萨之战的前一年到黑龙江流域勘查敌情。一颗多情种,披上了坚硬的铠甲。他是古代唯一到过黑龙江的大诗人。

他从北京出发,有两条线路可以选择:第一条,出山海关,经东三省,到黑龙江的将军府。清朝管辖黑龙江流域的将军府设在卜奎,也就是今天的齐齐哈尔。那时的哈尔滨还是天鹅的故乡。第二条,出居庸关,经蒙古草原,沿大兴安岭西侧到黑龙江,再折向卜奎。无论哪条,都要途经深山密林之中的驿道。我深信纳兰性德走过的这条驿道,就是在康熙知晓这位邻居的领土野心后开辟的,也就是三百年之后我们这批知青走过的驿道。很多路段都和这条驿道重叠。老乡说这条驿道从卜奎算起,按马走一天的路程设一个驿站,大约三十八站(也有说五十一站)。漠河是三十站,再往前三十一站是老金沟,再往前就要迈出国土了。

从纳兰性德的词中描写的景色来看,牧马频来去,青冢黄昏路,深山夕照深秋雨,应该是走的第二条线路。大草原已经在身后,高山密林在身旁。深秋季节,也是这条驿道最美的季节。樟子松依然笔直地挺立在山岗,松针依然墨绿,白桦林换上金黄的外衣,与夕阳争辉,点点红莓装饰山坡上的空地,潺潺流水奏响纳兰性德的思乡之阕,不知名的鸟在流水声中鸣唱。如果你运气好,还能看到狍子、麋鹿一闪而过的矫健身影,还有比麋鹿更敏捷的索伦猎手。当大雪覆盖这条驿道时,你站在山岗上,可以在一片苍茫中清晰地看到,这条驿道如同一根长长的马鞭有力地向北抽去。

我之所以知道有三十八站,是因为我在那里生活了四年,经过十八站,走过二十六、二十七站,到过三十站,在二十八站待了大半年。现在漠河成了热门的打卡地,每个到漠河的人,不光可以拍拍照,洒洒水,玩玩滑冰,打打雪仗,也能在咖啡馆里喝上一杯热乎乎的咖啡,借着这个空当儿,花上几分钟,读一读纳兰性德的边塞作品,对这些历史多少了解一点,了解得越深便会对我们的大好河山爱得越深。

(1969年10月到漠河)

三十九、二十八站

大兴安岭的冬天除了白色还是白色。在一片白色中,偶尔露出挺拔的红松,如同醒目的标杆。老把式吹了一声口哨,又吆喝了一声:"收工了。"好像有人在回应他,远处,寂静的山林中传来一声悠长的口哨。老把式停下活计,凝神听了半天,对我们说:"鄂伦春人来了。"他是河北人,自小闯关东,在大兴安岭练就了一身狩猎、伐木、淘金等各种生存的本领。我们只知道方圆几百里渺无人烟,最近的村庄远在黑龙江边上。他见我们疑惑的目光,蛮有把握地说:"只有鄂伦春人才能吹出这样的口哨。快回去。说不定今晚可以开荤了。"他告诉我们:"鄂伦春人豪爽好客。凡这个季节出来必是打围的,反正打到猎物见者有份,不用假客套。想吃多少,只要他们有,上去割一刀就是。但有一样东西是不能取走的,那就是动物的肝,他们用来孝敬长辈的最好礼物。"

我们赶紧收拾伐木用的斧、锯,一脚高一脚低往"营地"走去。所谓"营地",就是过去伐木人搭建的木屋,屋中用柏油桶改成的火炉冒着通红的火苗,在冰天雪地里如同天堂一般温暖。何况,炉子上炖着冻土豆汤,灶上蒸着馒头。靠墙铺着厚厚的干草,上面堆着我们臭烘烘的被褥。

在木屋旁的空地上,多出了几匹马,马不大,也不用拴,自由自在地和我们的马争抢草料吃。再远一点的雪地里有三个穿着兽皮背着马枪的人忙着搭仙人柱——鄂伦春人的住房,一种用木棍支撑,用狍子皮围起来的简易帐篷,中间能看到天上的星星,留着用于生火时出烟。

老把式走上去,先脱下右手手套,放到左手,再脱下左手手套,一起放到右手。他和其中的一位年长者碰了碰右肩,两人一起大笑,唠起嗑来。不知道他说了什么,一会儿拎了只狍子腿回来。"炖上,我请他们来喝酒。"

当这三人进屋后,同样先脱下右手手套,放到左手,再脱下左手手套,一起放到右手,最后脱下皮帽。其中一个比较瘦小的垂下一头乌发,我们才知道她是女的。他们一起向火神住处——那只柏油桶微微弯了弯腰。那是鄂伦春人的礼节,向主人家的火神致敬。老人指着年轻小伙说:"我的乌特——儿子。"他指着那个女孩说:"我的儿媳——夏莎,这次打围回去就过门。"他哈哈一笑,说道:"我的儿子读了几天书,受你们汉人影响,也要一本正经办婚事。按我们老习惯,只要有酒有肉,两人情愿,搭起仙人柱就算结婚了。能搭起仙人柱就能证明自己是鄂伦春人的猎手,因为一架仙人柱得用十几张狍子皮才能围住。"

我们问乌特:"为什么鄂伦春人对火神特别尊崇?"

乌特说:"历史上鄂伦春人是一个游猎民族,直到1953年才在政府的帮助下在十八站建起定居点。一直以来,天作盖,地作床,拢起一堆火,夏天防小咬,冬天防山大王(老虎),有火就有生命。"

正说着,外面又传来一声口哨。我们在想是不是又来了鄂伦春人。一个同样穿兽皮衣背着枪的年轻人推门进来。"上天对人是公平的,酒要一起喝才有味。"他按礼节向柏油桶欠了欠身,又向我们欠了欠身,坐到老人身旁。老人笑着说:"冬天的松籽已归大地,你还在找什么?"年轻人说:"松籽要到春天才会发芽,在雪地找到的一定是最好的。"乌特说:"一窝生的鸟终究要分开,一面坡上长的红松才是永远的伙伴。"年轻人说:"不到冬天大江不会封住。"老人说:"在主人家不谈家事。今天借主人的酒痛饮一杯,明天各走各的道。"

老把式拿出几个碗,倒上白酒。他们用手指沾上几滴酒向柏油桶先敬了火神方才一饮而尽。一连干了三次,脸上刚浮起红晕。我们知道鄂伦春人能喝酒,但也没想到是这么个喝法,老把式也能喝,只陪了三大口,那个女孩也陪了三大口。喝了酒他们唱起歌来,震得木屋顶上簌簌掉灰,时而又放低了声音,如同和我们耳语。我们听不懂鄂伦春人唱的歌,但看得懂鄂伦春人打的猎物,眼睛只盯着那盆狍子腿,好久好久没吃到肉了。等老把式一动筷,我们如狼似虎,连汤也没剩下。老人笑了,一努嘴,乌特出门把整只狍子扛了进来。

等煮肉的工夫,我们问乌特:"你们在唱什么?"

乌特说:"我们在感谢山神赐给我们食物,感谢大兴安岭。我们在赞美如画的风景,赞美这雪,赞美高尚的友谊,赞美忠贞的爱情,赞美猎手的勇气和智慧。"

但我们感觉到,高尚的友谊最好没有异性参与。那个年轻人一直盯着女孩,而女孩则若有所思。乌特免不了露出恼怒的眼光盯着年轻人。只有老人什么也不想看,甜滋滋地抿着酒,和老把式闲聊。

年轻人问女孩:"还记得小时候我俩一起躺在白桦树皮摇篮中,吊在白桦树上数星星吗?"

女孩点点头。

年轻人又问:"还记得那一条清澈见底的额木尔河吗?我俩一起摸过鱼,一起打过水仗。"

女孩点点头。

老鹰喜欢在高崖上筑巢,鄂伦春女人喜欢最好的猎手。

女孩说:"除了打猎捕鱼,在密林之外还有一个世界,我想去看看。"

乌特说道:"当年送我们出去读书,只有我坚持下来。鄂伦春人不能仅仅是个好猎手、好歌手,还要成为识字读书的好手。"

年轻人说:"你还算好猎手!那我们比一比枪法。按老规矩,我和乌特各人头上顶一盏油灯,五十步为界,各打一枪,灯灭者胜。"

老把式吓了一跳。"那不行。你们都是我的客人,按我的规矩比吧!"

他把两盏油灯放到两棵白桦树上,又在雪地上画了一道线。"我说开始,你们才可以开枪,灯灭者胜,但不能打坏我的油灯。"

乌特说:"我愿意试一试,证明我是鄂伦春人的猎手。"

除了我们,其余的人都喝得摇摇晃晃,大家相拥到那条雪线旁。两个年轻人端起枪瞄向那两盏油灯。枪响后两盏油灯同时熄灭。乌特的那一盏油灯垂下一串火星,明显油灯被打坏了,而另一盏则完好无损——子弹刚刚擦过灯捻。那女孩立马加了一枪,把那盏油灯打了个粉碎。我们伸了伸舌头,鄂伦春人果然个个都是神枪手。

老把式笑道:"我们要摸黑了。"

年轻人看上去对女孩的举动非常生气,转头对乌特说:"你是鄂伦春猎手,那我们照鄂伦春猎手的规矩办。在野外打围,客人造访,主人得让出仙人柱。至于女主人吗,得陪着。"

雪夜顿时静了下来。仙人柱如此之小,本来就挤不下几个人,年轻人提出的要求我们闻所未闻,分明在为难乌特。年轻人说:"你问问你老爹,他们是不是这样过来的。"

老人说:"当然要按鄂伦春猎手的规矩办。鄂伦春猎手有一颗大山般实在的心。"

那位年轻人和女孩坦然地钻进仙人柱。

那是一个漫长的雪夜。老把式问老人:"咱俩打通腿?"打通腿就是合盖一床被的意思。老人摇摇头:"鄂伦春人在野外从来不会躺下睡觉,只要有火堆就行。他和乌特就坐在我们的火炉旁打瞌睡。我们翻来覆去难以入睡,想象着这簌簌的落雪如同恋人絮絮的情话,仙人柱上冒出的浓烟会不会是年轻人滚烫的热情。可怜的乌特和我们一样,只是装睡,一会儿走了出去尿尿,一会儿走了出去抱柴火,一会儿又给火炉添木柴。他内心一定如同火炉一样火苗在翻滚。

天蒙蒙亮,马的嘶鸣声惊醒了我们。屋外年轻人高声说道:"谢谢你们的招待。"马踏雪野的响声渐行渐远。

所有的人都等着这一刻,都像听到军中的起床号,齐刷刷地穿衣起床,拥向门外。只有老人依然呆在火炉旁,如同雕塑。

那女孩摇着马鞭,吹着口哨轻快地走来,见我们突然拥出门口望着她,不胜惊讶。

乌特第一个冲上去,用鄂伦春语急速地说着什么,那女孩举起马鞭抽向乌特,转身向仙人柱走去,乌特怎么也拉不住。女孩骑上马扬长而去,留下乌特呆呆地站在雪地里。

不知什么时候老人已站在乌特身旁,低声说道:"儿子,你读书读傻了,离真正的猎人还差一点。火堆要是没人添柴就会熄灭,一个喝醉酒的人在雪地里能挺得过去吗?男子汉不许哭。你爱她吗?"

乌特点点头。

"爱她,就要相信她。女人不是插在帽檐上的花朵,女人是一匹好马,你要会驾驭,会爱惜。去吧,追上去,好好亲亲她。"

老人又对我们喊道:"小伙子们,来!帮个忙。"

我们七手八脚帮着拆仙人柱。那真是一个小窝棚,要想躺下两三个人还真有难度,真如老人所说,鄂伦春人的冬天是坐在火堆旁度过的。

雪还在下,天已大亮。雪地上除了留下他们的脚印和灰烬外,仿佛什么也没留下。很快大雪就会盖住这些脚印和灰烬,一点痕迹都不会留下。

(约 1972 年到大兴安岭)

四十、连池火山

1973年秋,朔风起,小雪初霁,我们走在荒无人烟的原野上,前面就是锥形的火山。脚下无路,一边是白色的波光粼粼的五大连池,一边是黑色的凝固的火山熔岩,高低不平,如同凝固的大海的波涛。黑白之间,是我们这一群身穿黄棉袄的年轻人。不是每个人都有这样的机会,能够登上火山一探究竟。那年,我和一起插队的同伴从漠河出发回上海,我们也是老邻居,他有个哥哥在黑龙江建设兵团,于是一起来到连队。在热烈的欢呼声中,为了迎接远道而来的客人,为了年轻人多余的精力,有人提议去爬火山。他们来到连队好几年了,也没有去过几十里外的火山。

顿时汇集了一大帮人向火山进军。连队领导眨眨眼,干脆放假一天。

我们吃的是高粱米饭,喝的是土豆白菜汤,可是人的天性中永远有吃喝玩乐这四个字。用东北话来说:找乐子过日子,过日子就要找乐子。

我们是走过去的,还是动用了连队的拖拉机,我已经想不起来了。几十里地走也开心,对当年的年轻人来说,那是一场难忘的秋游。

后来有一部优秀的纪录片《航拍中国》,从独特的视角俯瞰祖国的大好河山。拍到黑龙江这一集我才知道,曾经登上的火山,只是五大连池十四座火山之一。两百多年前,也就是1820年起,开始喷发,在几十年间陆续形成。两百年前,黑龙江流域是清朝的龙兴之地,严禁汉人进入伐木开荒种地。只有极少数胆大的为生活所迫,偷着跑到这片荒野寻找生计。不知道有谁看到了那惊天动地瑰丽的一幕,火红的熔岩从地下直冲云霄,天上挥洒着石头的烟花,地上奔腾着无数的火龙,潇洒自如地创造出五大连池和火山群。可是在我的记忆中,那是一座灰蒙蒙的火山,寸草不长,山顶是一圈陡峭的岩壁围成的巨大深坑。踩下去的火山灰,飞扬而上,直扑鼻孔。也许我曾经登上的这座火山是最年轻的火山,还不肯冷却透。也许冬天的火山也会萎靡。这几十年来,年年春风化雨,年年冬雪成冰,终于在某个清晨,第一缕阳光照亮东北大地,第一颗种子——无论是风刮来的还是鸟衔来的——最早扎下根冒出芽,没过几年,一座灰蒙蒙的火山变得像一个妩媚的绿衣少女,那个令人恐怖的幽深的火山口,变成水汪汪的一只大眼睛,深情地眺望蓝天白云。

  我们理所当然地认为有了这座火山才有这片风景,无论我们为这座火山惊叹,还是为这座火山赞叹,它安静地立在那里,从来不认为自己是他人眼中的风景。当它在地壳下默默地积蓄惊天动地的力量时无人知晓;在它最瑰丽辉煌——喷发的那一刻无人看见;在它灰蒙蒙的年代里无人登临。一旦成了风景,游客们如潮水一般涌来。它安静地立在那里,经受岁月单调重复的侵蚀,重新积累再次喷发的能量,尘世的喧嚣不过是一抹浮云。无论人们来与不来,无论是或者不是风景,它安静地立在那里,不为我们的到来而欢喜,也不为我们的离去而悲伤。

(约1973年秋到连池火山)

四十一、天姥山

上海人最欢喜到浙江白相,高速公路又快又便捷。这里不光是因为距离的关系,更是浙江把每一条山沟都打造成景区,让你跑一趟还想跑一趟。我们一大家子兄弟姐妹再加第二代,来到了新昌。大佛寺、穿岩、神仙居都逛了一圈。读高中的第二代提出要看看天姥山,他们向往李白笔下的天姥山:"天姥连天向天横,势拔五岳掩赤城……我欲因之梦吴越,一夜飞度镜湖月。"我们也心驰神往,于是驾车向山区出发。

走到一处山路,拐个弯,两扇铁丝网大门紧闭,把路封得严严实实。上面一块白底红字的告示:工地用路,严禁通行。掉头回来,又拐进另一条路,看到一座碧波粼粼的水库,没绕多少路,又走不通了。我们问走过的老乡:"天姥山怎么走?"老乡说:"这就是天姥山。"

我们满怀疑惑地下了车,一边是水库,一边是山坡,不太高。

山岗上为我们徐徐展示出一幅明清古画卷:斜风细雨将来未来,古木老宅若隐若现,行人两三个,走在古代的石板驿道上;田野几百亩,沿着亘古的山岗铺开;天色淡墨晕成,村舍空白勾出,远山一笔带过;数点寒鸦,在空旷处盘旋,几声狗吠,从静寂中传来。老乡说:"古时候北上杭州,要么走水路,要么就走这样的官道。现在只有这一段了。"驿道上白墙黑瓦的风雨凉亭,有着浓郁的江南韵味,千百年来为无数游子遮风挡雨,今天为我们提供休息的地方。我们就在凉亭中,以为走进了富春山居的一隅,以为自己是夹着一把伞,背着包袱的前朝学徒,不由人不想起马致远的小令:枯藤老树昏鸦,小桥流水人家,古道西风瘦马,夕阳西下,断肠人在天涯。也只有在这相似的环境中才能深刻领悟古代诗词的意境。明年春回大地,又是一番景致,几株桃树,几株杏树,红白相间,一片绿野,一片蓝天,蓝绿相辅,红红与白白,人在武陵微醉。

聪明巧思的浙江人,山岗下开公路建水坝翻天覆地,山岗上仅仅相隔一百多米,依然保持着原生态的风貌。下了山岗,原路返回,又折向另外的山路。绕了个把小时,再问老乡,老乡都说这就是天姥山。我们都以为天姥山是一座奇山险峰。其实天姥山是这一片山区的总称,天姥山景区就包含了穿岩、神仙居、沃洲湖等等。后来也有机会重游新昌,但再也没有找到那片留在梦中的山岗。

(约 2001 年游于天姥山)

四十二、龙井村

狮子峰下龙井村，在杭州西南的凤篁岭上，一条柏油马路到底就是。我们兄妹几家交替开着车来到龙井村。一村分为两边，中间一条溪流，水声潺潺。农舍前的路又窄又陡。农舍主人指挥着我们把车倒进夹弄。走进农舍，来到二楼的晒台上，十多平方米的晒台早已摆好方桌椅凳。我们就在这方桌上打牌喝茶消磨半天时间。龙井村每家每户的晒台上都有偷闲的游客，每条夹弄走道都塞满了小车。这么多人挤在龙井村，到底是来品茶的还是看风景的？或许就是赶潮流，你来我也来。龙井村除了农舍和屋后的茶园，真没有什么名胜古迹，四周的青山也没有什么特色。要说品茶，来的人又有几个懂得茶道，要不是龙井茶天下闻名，这里就是浙江最平常的一座村庄。午饭自然就地解决，最平常也最新鲜的农家菜。茶农采茶、制茶都有季节性，平常依靠龙井的名声开辟第二财源，接待八方来客。临走见到堂屋中挂着一幅字"百茶百味"，恍然大悟：工作时加班，休息时闲逛，都是生活的一部分。我们何必执着每件事都去寻找所谓的意义，生活就是如此平淡而简单。身心愉悦就是最大的意义。

（约 2001 年游于龙井村）

四十三、三泉

天下第三泉。龙井村的人都说,乾隆下江南也来过村里品茗,村以茶名,还是茶以村名,已经不可考。仔细一想,乾隆可能不会走进这些农舍,肯定都是在雅静的龙井寺里品茗。寺外有一龙井泉,用龙井水泡龙井茶,更能品出龙井特有的清香。沸水注入琉璃杯中,整齐划一,碧绿生青的嫩芽翩翩起舞。方丈双手合十,请乾隆评判一下龙井茶。乾隆沉吟一会儿,道:茶为上品,必须形神兼备。形是茶的外貌,神是茶的灵魂。龙井茶二潽清香异常,三潽之后淡然无味。泉也如此,形神俱佳才好。不知茶以泉名,还是泉以茶名?方丈微微一笑,道:两百年之后,有一才女写下"淡的茶比浓的酒好"。皇上以为呢?乾隆大悦,封茶为第一、泉为第三。可是,龙井泉边上的岩石上只刻着"龙井",没有"天下第三泉"这几个字。"天下第三泉"的名号早为同在杭州的虎跑泉所有,你看看,天下人竟敢不认可皇上的口谕。

天下第二泉。龙井寺方丈说的两百年之后这句话触动了乾隆皇帝。两百年之后自己是怎样一个人呢?当皇帝是不可能了,一定是一个喜好品茶的旅游达人。此时的我和一大帮人跟着导游,走在路上,小雨淅沥,两边都是暗红的高墙,七拐八拐,来到惠山泉。一间榭,或者是轩,不知道这间方方正正的有门有窗的仿古建筑叫什么。

前面有一口井,这就是惠山泉的上泉。井中不见泉水冒出,井水更不敢恭维。难道大臣们用这样的水泡茶让乾隆喝下去的?真应该治他们欺君之罪。当年我来到无锡惠山,肯定不是走的这条道。记得当年走的道,一边是湖一边是山,山清水秀,风光旖旎,泉水汩汩。茶圣陆羽也好,乾隆也好,"天下第二泉"一直为无锡惠山泉所有,向来没有争议。为了缩短上山距离,惠山下挖通了一条隧道,从此改变了泉水的走向。乾隆若是有知,怕是会望着自己题写的"天下第二泉"苦笑不已。

天下第一泉。乾隆皇帝这个"旅游达人",某一年朝拜泰山时路过"一城山色半城湖"的济南。来到趵突泉,偌大的池子中,三股泉水喷涌而出,如游龙戏水玉柱擎天。地方官回禀道:济南简称泉城,有名的在七十二泉,无名的在每家每户,最有名也最为传奇的就是这趵突泉,每日喷水数万斗,水池不会满溢。泉水臻清臻纯。见多识广的乾隆,也被趵突泉的气势折服,大笔一挥,把"天下第一泉"赏给了趵突泉。

手下的大臣悄悄地提醒乾隆,"天下第一泉"的美称已经给了北京玉泉。每天清晨,太监用牛车从玉泉拉回来百桶泉水供紫禁城饮用。乾隆哑然一笑,道:历史上天下第一泉几经变动。唐代时公认镇江金山中泠泉为第一泉。泉在长江中,只有秋冬枯水季节才能汲取,后被淤塞。现在的中泠泉是后人重修的,不复当年的风貌。茶圣陆羽则把庐山谷帘泉评为天下第一泉。你说哪里是第一泉?让他们去竞争吧!

有几年趵突泉干枯无水,急死了济南人,请来专家会诊。济南老城建在特殊的岩石层上,南高北低,就像一块斜放的海绵。天旱少雨,又大量抽取地下水,再大的海绵也会挤干。为了让"天下第一泉"永远留在济南,永远保持泉城的特色,济南市政府做出一个重要的决定:绝不人为扰动地下岩层,老城区里永远不修高楼不建地铁。

(2004年游于三泉)

四十四、小小墓

聪明的杭州人把一个查无此人的歌姬说得花好稻好,把一件查无实据的轶事说得活灵活现。我第一次读到《同心歌》"妾乘油壁车,郎骑青骢马。何处结同心? 西陵松柏下",便深信不疑是出自苏小小的笔下,还恭恭敬敬地抄录下来。估计那时的我正处于青春期,忍不住想象那美妙的场景:在十里荷花三秋桂子的杭州,骑在马上,走在"浅草没马蹄"的白堤上;松柏下,杨柳旁,油壁车里,笑语盈盈,暗香浮动;油壁车外,志得意满,心醉神迷。

我想象的人有多美,车中的人就有多美。她低声吟咏道:

妾本钱塘江上住,花落花开,不管流年度。燕子衔将春色去,纱窗几阵黄梅雨。

斜插犀梳云半吐,檀板轻敲,唱彻黄金缕。望断行云无觅处,梦回明月生南浦。(《黄金缕》)

几次到杭州,并没有见到白居易所说的"绿杨深处是苏家",也没有见到"湖山此地曾埋玉"的小小墓。只见草如茵,松如盖,荷叶如伞,撑起一池涟漪;行人如织,串起一根花链。

同行的杭州姑娘告诉我:"《同心歌》并不是苏小小写的。此诗原名为《苏小小歌》,是南朝民歌,始载于《玉台新咏》。而那首《黄金缕》也不是苏小小写的,是南宋一个叫司马槱的人写的。苏小小的才貌双全大都是后人想象的。"

我大吃一惊:"妹子,你可是杭州人啊!不怕被人骂?"

妹子嫣然一笑,作了详细的解答:

正因我是杭州人,知道的就多一些。

南朝之后,苏小小的名字沉寂了近两百年,直到白居易出任杭州刺史,为杭州做了不少好事,疏浚六井,修筑白堤,写下不少诗歌赞美杭州的自然形胜和人文景观。他在《余杭形胜》一诗后面自注:"苏小小本钱塘妓人也。"白居易是吟咏苏小小最多的诗人。"涛声夜入伍员庙,柳色春藏苏小家"。

此后历代都有诗人为苏小小留下佳作,也有了最初的故事版本:苏小小生于青楼,并以青楼女子为傲。从业的第一天便对老鸨说:"我的身体我做主。"自己挑了一个帅哥欢度初夜。十七岁就病故了。多么洒脱有个性的一个人。

后来的故事版本多是按照男性社会的需求改编过的,清康熙年间,署名古吴墨浪子搜辑的白话小说《西泠韵迹》完整演叙了苏小小的生平:生于妓家,父不知何人,母又早亡。家住西泠桥畔,到了十四五岁,色才绝伦。苏小小欢喜自由,酷爱西湖山水,叫人造了一辆油壁车,依山沿湖自在游玩。一日,苏小小在湖堤遇见了骑着青骢马的少年阮郁,两人一见钟情,结为情侣。三个月后,阮郁被身居相位的父亲逼回金陵。从此两人缘尽。后来苏小小遇见了落魄书生鲍仁,慧眼识才,慷慨资助他赴京求取功名。鲍仁果然高中,出任滑州刺史,飞马报恩,不料苏小小已停柩在堂。于是鲍仁将苏小小葬于西泠桥畔,建了"慕才亭"。

很显然,故事把苏小小塑造成了一个多情多义而命运多舛的歌妓形象,渐渐构成了一种集体的文化记忆,文人寻访祭拜苏小小墓甚至成为一种"仪式"。但这一记忆大都是从男性视角出发的——落魄时有美女崇拜,腾达时有娇妻相守。

2004年,有人提议重修苏小小墓,当时分成两派,赞成的大都是文人和官员,反对的女同胞占多数。这是一个很有意思的现象,赞成的理由无非是说底蕴深厚的人文景观,哪怕这个人不存在,哪怕虚构的也好,只要有名。反对的理由要充足得多。重建小小墓,实际上反映了某些文人和官员见不得人的内心。他们也想学白居易常到绿杨深处小小家。白居易是苏小小的发掘人,他是一个伟大的诗人,但他毕竟是封建社会的一个文人和官员,有着那个时代文人和官员的通病——游戏人间。中国数千年的封建社会,狎妓也成了一种文化。如果白居易和某个良家女子哪怕真心相爱互有来往,绝对不会大肆宣扬,因为那是违反封建社会的伦理道德和为官底线的,如果和苏小小来往,那是及时行乐,那是风流潇洒,所以苏小小必须设定为一个多才多情的青楼妓女。只有青楼妓女才可以自由地走出闺院,自由地和各色男子交往。这是妇女的悲哀,时代的悲哀。你说有着现代观念的女同胞能赞成吗?何况这墓也有疑问。

那么历史上到底有没有过小小墓,我无从知道,但听说郑板桥曾来找过,西泠桥边哪有什么小小墓。还是乾隆皇帝南巡时随口问了一句:西湖有小小墓吗?这份情报马上传到杭州官员的耳朵里,连夜筑起一抔黄土。

不管真与假,朦胧也是一种美,想象也是一种美。艺术是需要距离才能产生美的。何况有了苏小小才有那些惆怅忧伤的诗歌佳作。

我还在回味呢,她又说道:"走,我带你去看看小小墓。"

她边走边吟李贺的《苏小小墓》:

幽兰露,如啼眼。无物结同心,烟花不堪剪。草如茵,松如盖,风为裳,水为珮。油壁车,夕相待。冷翠烛,劳光彩。西陵下,风吹雨。

(约20世纪80年代第一次去杭州)

四十五、雷峰塔

此次导游是一个杭州姑娘,她的介绍很精彩,我把它编录下来,诸位茶余饭后可作谈资。

浙江地杰人灵,山清水秀,是个出故事的地方。中国四大民间传说,有两个出自浙江。梁山泊和祝英台的故事发生在宁波,白素贞和许仙的故事发生在杭州。1999年重建雷峰塔时,一片叫好,可见白娘子的艺术形象深得人心。还有一个人也是影响很大,那就是法海禅师。雷峰塔正是用来镇压白蛇精的,1924年雷峰塔倒掉了,鲁迅还写了一篇文章《论雷峰塔的倒掉》,大声说:活该,法海的法术不灵了,白娘子可以重见天日了。你法海没有想到雷峰塔会倒掉吧!法海一笑:你鲁迅也没想到雷峰塔很快就会重建。这就是雷峰塔的魅力,一种微妙的平衡,影射了人心的复杂。恢宏的新塔为西湖风景锦上添花。法海从镇江的金山寺一路走来,想看看新修的雷峰塔。每到一个地方苦口婆心不厌其烦地告诫大家:小心啊!蛇是要吃人的。所有的人侧目而视:还要你说,谁不知道蛇是要吃人的。可是,还是有人被蛇吃了。

白蛇的故事最早出于唐朝传奇《白蛇记》,讲陇西人李黄来到长安东市,偷窥到一辆车上坐着一位白衣小妹"绰约有绝代之色",并随白衣女来到其住处。一位自称白衣女姨娘的人撮合了这段情缘。三天以后,李黄回到家中,精神萎靡不振,身体日益消瘦。家人都说他身上有一股异常的腥臊气,李黄却说奇香扑鼻。不久后李黄卧床不起,全身化为水。家人从仆人口中得知李黄与一白衣女艳遇,但找到白衣女住处,只是一座废弃的空园子,听人说这里经常有大白蛇出没。这个故事就是用正面教育的办法,用恐吓告诫人们蛇是要吃人的,哪怕是变成美女的蛇。

南宋高宗皇帝很欢喜听评书,说书人不可能用这样一则血腥的故事教训皇帝,于是改头换面添油加醋,通过评书的演绎,《白蛇传》逐渐成形。到了明朝冯梦龙的《白娘子永镇雷峰塔》,白娘子、小青、许仙、法海等人物纷纷出场了。主要的故事情节——渡船借伞、端午惊魂、灵芝盗草、水漫金山都有了,这个故事的结局是白娘子被镇压在雷峰塔下。在故事演变的过程中,白娘子越来越惹人怜爱,法海越来越讨人嫌。可以明显地看出,民间演绎的白蛇和文人笔下虚构的苏小小完全不同,不是只会吟诗自怜的弱女子,而是敢于向人妖不同的命运发起挑战、向正统的权威挑战,敢想敢干,有主见有魄力有能力,不受世俗观念束缚的女强人,更契合南宋繁荣的商业活动下的市民的精神需求。白娘子讨人喜欢,归根结底不仅仅是爱情的美好,不仅仅是为人的善良,更是她想掌控自己命运的奋争,这也是现代人喜欢她的原因。

法海讨人嫌,正如鲁迅所说:和尚本应该只管自己念经。白蛇自迷许仙,许仙自娶妖怪,和别人有什么相干呢?他偏要放下经卷,多管闲事。

但法海坚持自己的主张,他认为即使白蛇在佛法的观照下改恶从良,也是一个特例。我都放了她一马,没有要她性命。蛇是要吃人的,不管这条蛇变化成什么模样,这是蛇的本性,这是普世的真理,这是性命攸关的事,关系到千千万万的普通百姓。作为一名普度众生的高僧,有义不容辞的职责,有责任为民除害,有责任天天提醒人们：蛇是要吃人的。哪怕被天下人讨嫌，哪怕你让我坐在蟹壳里也不改初衷。

这就是重建雷峰塔的另一层意义：弘扬法海锲而不舍的精神，时刻提醒人们——蛇是要吃人的。

（雷峰塔建成后去过两次，一次是2004年，另一次是2008年）

四十六、青芝坞

一城湖水,四面青山,从旖旎的杭州,妩媚的西湖边,走来一位长裙曳地秀发披肩的女诗人。淡淡的晨雾,淡淡的人影,南宋著名女词人朱淑真淡淡地说道(《眼儿媚》):

迟迟春日弄轻柔,花径暗香流。清明过了,不堪回首,云锁朱楼。午窗睡起莺声巧,何处唤春愁?绿杨影里,海棠亭畔,红杏梢头。

美国汉学家比尔·波特不远万里来到中国,百折不回地追寻,依然寻她不遇①。他一直找到路仲古镇,石桥向西,拍下小楼一幢瓦房五间,这就成了朱淑真的故居。这些故居也许是朱家的老宅,是不是八百年前的老宅呢?经历八百年风雨还能伫立不倒吗?路仲的乡邻深信那是她的故居。也许,是故居,是她留在烟雨朦胧中的江南水乡的故居。她应该早已跟着仕途通达的父亲在繁华的钱塘江边写诗作画。"十里绮罗春富贵,千门灯火夜婵娟。"十里荷花,十里酒家,游人

---

① 比尔·波特写了很多介绍中国风土人情和传统文化的著作,其中一本书叫《寻人不遇》。

醉卧,杨柳树下,石板小巷,参差人家,掬水月在手,弄花香满衣。这样白墙青瓦的小楼,过去的江南遍地都是,杭州也许有过梅花弄,有过杨柳巷,小巷深处,就有这样一幢小楼。沿着摇摇欲坠的木楼梯,走进曾经的闺房,宣纸狼毫依旧在,绷架花线不曾绣,"女子弄文诚可罪,那堪咏月更吟风。磨穿铁砚非吾事,绣折金针却有功",这就是她的自责。可她还是"独自凭栏无个事,水风凉处读文书",放下文书,卷起珠帘,"楼外垂杨千万缕。欲系青春,少住春还去……把酒送春春不语。黄昏却下潇潇雨"。

青春年少,花灯团圆夜,燕子双飞时,她写下娟娟小字:"去年元夜时,花市灯如昼。月上柳梢头,人约黄昏后。"数百年来,无数俊男才女吟诵着这首《生查子》,花前月下,相邀成双。但这首词也引起了明代文学大家杨慎的批评,道:"词则佳矣,岂良家妇女所宜邪。"把她看作一个失了妇德的女子,写了一个女子不该写的词。数百年后,依旧有人好心地为她遮掩,把这首千古名作归到六一居士欧阳修的名下。这就是男女有别,男士写的是风流倜傥,妇人写的是伤风败俗。

让这些人吃惊的是,不知在婚前还是在婚后,朱淑真又写下一首良家女子不宜写的《元夜》。

火树银花触目红,揭天鼓吹闹春风。
新欢入手愁忙里,旧事惊心忆梦中。
但愿暂成人缱绻,不妨常任月朦胧。
赏灯那得功夫醉,未必明年此会同。

那个火树银花的元夜,究竟发生了什么,谁也没有看到,她写的是杭州的夜景还是她的亲历,谁也无从揣测。有情人珍惜难得的机会,相约明年,又怕世事无常失约明年。那丝丝的柔情,就如西湖春水在每个人的心中荡漾。那轻轻的呼唤,勇敢地说出千百年来女性不敢说的:我要一份爱,不是给我一份爱。她把自己名字中的"贞"

改为"真",毫不在乎那些泯灭人性的贞节贞烈,只要一份真性情,一份真感情。

她一直没有所谓的"安分"过,除咏月吟风外,还在江头弄碧波。人在家中,心在天外。"春暖长江水正清,洋洋得意漾波生。非无欲透龙门志,只待新雷震一声。"(《春日亭上观鱼》)

这样一位奇女子,丈夫不能包容,父母不能理解,她"宁可抱香枝上老,不随黄叶舞秋风"(《黄花》)。无数的诗稿,在她短短的生命结束后,被她的父母一把火化为翩翩粉蝶,飞舞在时空中,让人神往。留传的诗集《断肠集》、词集《断肠词》也是后人编辑的。

她的"龙门志"早生了八百年,凝固成一座白玉雕像,立在杭州青芝坞。美国汉学家站在雕像下,若有所思,或许他早已遇见才华横溢的她,每一个来去匆匆的她,都有着自己的"龙门志"。

(2005年在杭州游玩时偶然路过青芝坞)

四十七、石梁飞瀑

　　山道弯弯,绿荫浓浓,流水潺潺,悦耳的鸟叫,从树丛中婉转而来,一扫城里的嘈杂。拐个弯,豁然开朗,只见一道石梁高悬在小溪之上,横跨两座山崖,崖顶有一座寺庙。石梁下面,瀑布喷涌而下。一群白领游客顿时欢呼起来。好一个美妙的去处。

　　游客们叽叽喳喳,一个游客说:"好山好水,都被和尚占据了,做出家人也不冤。"一个游客说:"真想抛弃城里的一切,终老在此,也不虚平生。"另一个游客说:"是呀。到了这里洗净尘世凡心。没有了不断膨胀的欲望,也就没有了烦恼。"

　　谁也没有注意到,他们身后悄无声息地走来一位老僧人。听着白领游客们的高谈阔论,老僧面含微笑地问道:"各位施主,真有此心?老僧冒昧,不妨一试。你们听,有一只蚂蚁正在爬树,谁能说出爬在哪棵树上。"

　　游客们一惊。老僧不说你们看,说你们听,为何?游客们四下寻找,地上到处都有成群的蚂蚁在觅食,却不见哪棵树上有蚂蚁。再仔细打量老僧,双目紧闭,手持竹杖,显然是一眇僧。他走在崎岖的山道上,熟门熟路,一切了然在心。

　　老僧说:"左手有棵板栗树,离它三尺有一株野杜鹃,那只失群迷路的蚂蚁正在杜鹃上团团转。"

众游客一看,果真如此,对老僧肃然起敬。问:"你怎么能听到蚂蚁上树的声音?"

老僧笑:"无非心静而已。别无旁骛,你们谁能做到,这好山好水就有他一份。"

有一游客较起真,辩解道:"这不能算树,只能说灌木。"

老僧颔首:"对你来说,是一株灌木。对蚂蚁来说,无疑是参天大树。"

众游客一致叫好,甚觉有理,便问老僧:"想必师父从小熟读经书,通晓佛理,我们有幸请高僧指点迷津。最近,有一家寺院开出禅修课,专供白领修身养性。师父是哪家寺庙的高僧,不妨也开出几班,让我们来坐禅参悟,让寺院广结佛缘,多收善果。"

老僧呵呵笑道:"惭愧。老僧天生一个盲人,被父母遗弃在寺庙。如此大事,岂能做主。自小暮鼓晨钟,天天耳闻目染,沧海之水,饮取一瓢。只是我们有缘相逢。你们真想坐禅,随时随地。忙碌之余,弄个坐垫,盘腿而坐,摒弃一切杂念,调匀呼吸即可。"

众游客问:"有用吗?"

老僧说:"随我来。"他走上层层石阶,如履平地。登上崖顶,直奔那道石梁。立定在石梁中间,山风吹来,僧衣飘动,阳光斜照,融成一片。老僧道:"瞧见吗?石梁上每一道印记都是水流过的痕迹。"众白领低头看去,石梁窄处不过一尺多宽,高悬崖顶。从下面往上看,只觉得奇和美,从上面往下看,几十丈的高度,头昏目眩,大家倒吸一口冷气,相视无言。老僧说:"此山生成时,这里一片荒凉,没有这道石梁,溪水从上而过,天长日久,不知经过多少个万年,在下面开了一个口子,日积月累,又不知经过多少个万年,方能冲出今天的石梁美景。当初这默默无闻的溪水怎么会知道今日游人如织的盛况。"

"修炼是不问有用和无用的。"说完,老僧款款走进对面的寺庙。

众游客胆战心惊抖抖索索走过石梁,回头再看,石梁不过一丈多长,呈现半圆形,最窄的地方一步就能跨过去。大家相视一笑。只是庙里庙外再也见不到老僧的身影。

游客们心有不甘,山门外,问一个扫地的小沙弥:"你们这寺中是否有一位眇目的高僧。"

小沙弥摇摇头。

"不可能。我们一同走来,看见他走进寺中。路上他还教我们如何打坐。"

"哦。"小沙弥抬起头,众游客这才看出这小沙弥不过二十来岁,消瘦的身板,就像山崖下在风中摇曳的竹林,两道目光如石梁下清澈的深潭。

女游客啧啧称奇:"好一个清秀的小和尚。为什么年纪轻轻舍身出家。能耐得住那份寂寞吗?"

小沙弥微微一笑:"各位施主。你们想学打坐,这里有一间禅房,我就擅自做主,让各位坐上一炷香的功夫。如何?"

众游客都想一试。

小沙弥领着众人拐了几个弯,山坳中有一小院,走进禅房,中间靠墙供着一尊如来佛像,地上一排坐垫,别无他物。

小沙弥点上香,拜了一拜,盘腿坐下。各位游客依次学着坐了下来。

不过片刻,就有人耐不住了,两条腿又酸又胀,悄悄睁开眼,看见别人闭目养神,又不好意思站起来。就在他为难之际,突然听见一位女游客的抽泣声,两颗晶莹的泪珠顺着她雪白的脸颊滚下来。他正好借此站了起来,走到女游客身边,低声问:"你怎么了?"

女游客张开眼睛,呆呆地望着地下,好一会才喃喃说道:"我好像看见在烟雨蒙蒙的一座江南小镇上,石板铺成的小巷通向一幢两层的木结构的老式楼房。楼下的一家,有兄弟三个,十来岁上下。楼上住着一对姐妹,也是十来岁。他们放了学就在庭院里放张小方桌,挤在一起做功课。一张桌子四个角,五个小孩,必定有一个挤不上去,争来争去,总是大男孩让出来,要不大女孩让出来。两家的大人笑眯眯地望着吵吵闹闹的这帮小囡,心满意足,平常的青菜豆腐胜过山珍海味。突然有一天,桌子边空了出来——两姐妹不见了。楼上时不时传来嘤嘤的哭声,特别在夜深人静时,压抑的哭声分外凄惨。三兄弟有点恼怒,哭声常常把他们从美梦中唤醒。小妹妹走出走进,那张脸像雪一样白。问她,只见眼泪盈眶,一句话也不说。问父母,父母只是长叹一口气,什么都没说。"

女游客停顿了一会儿,又说道:"那一天,来了几个穿白大褂的人,面无表情地从楼上抬下一副担架,上面覆盖着一条绣满桃花的床单。或许是天意,或许是巧合,三兄弟更相信,是那位姐姐有意的,床单飘起一只角,露出姐姐的笑脸,在和他们告别,仿佛在说'我们会再见的'。那张脸真漂亮,三兄弟到老去再也没有见过这么漂亮的女孩。那笑浮在空中,美妙无比,是一种超然物外的微笑,神秘莫测的微笑,满心欢喜的微笑。山坡上的野杜鹃,年年花开花落,有几个游客知道花是为谁而开,为谁而落。自此,那张小方桌,一直空出一条边。小女孩一家搬离这伤心之地后,父母才告诉三兄弟,那女孩得了白血病。几十年前,所有的人都束手无策,眼睁睁地等着最后的结局。你说,奇怪吗?好像那位姐姐的笑容就在眼前。她的眼睛缓缓地转向小沙弥。"

所有的游客都张大眼睛听女游客的故事,唯独小沙弥依然端坐,双目紧闭,脸含微笑,超然物外,静如止水地微笑。

这群游客困惑不已走出小院,一拐弯抬头看看四周,好像回到了原来的地方,瀑布隆隆的响声在山崖间回荡,水雾氤氲,夕阳斜照,那不是眇僧吗?他立在山崖顶上,云雾环绕,身披余晖,脸含微笑,超然物外,静如止水,神秘莫测地微笑。

(约 2007 年游于石梁)

四十八、断桥

垂杨系舟,曲岸持觞,踏青寻花,临风高歌,涉水成诗,登山入画。这是一种多么潇洒风雅的生活,但要过这样的生活,不仅个人要多才多艺,儒雅有品位,还要有雄厚的家底,显赫的家世。曾经有一个人做到了。青灯黄卷,暮鼓晨钟,一身布衣,三餐菜根,从一个锦衣玉食的风流才子蜕变为严守戒律的高僧,这个人也做到了。

1918年春,乍暖还寒,西湖上弥漫着蒙蒙雾气,一叶小舟轻轻地滑过清澈的水面。小舟上坐着一位清瘦的僧人,一位清秀的女子,久久沉默不语。风中依稀飘来寺庙的钟声。女子抬起头看到眼前的白堤,眼前的断桥,桥上的凉亭虽然破败不堪,但依然可以为行人遮风挡雨①。

女子缓缓说道:"记得七年前,你从东京上野美术学校毕业要回中国,我义无反顾跟你来到中国。第一次在西湖上划船,看到断桥,我问过你,世上的桥都有一个吉祥的名字,为什么这座桥的名字这么古怪。你对我说,那是世人的误解。"

---

① 断桥初建于唐,南宋时建成石拱桥,元代被毁,明代重修,上有凉亭。现在的断桥是1941年重建的,1949年后又经几次整修。

顿了顿,女子继续说道:"你告诉我关于断桥有无数的传说,有了这些传说断桥就有了魅力,有了生命力。是不是孤山之路到此为止,故而称断桥?是不是雪后初霁,山光水色一片雪白,唯独桥上凉亭黑瓦,积雪先化,远望这桥似断非断,似连非连,故而称断桥?是不是许仙和白素贞在此巧遇,借伞还伞,结下一段姻缘,终究是两个世界的人,不能相守一生,故而称断桥?是不是白居易疏浚西湖筑下白堤,修建了第一座木拱桥,他想起青梅竹马的湘灵,那个刻骨铭心的人影不知在何处漂泊,为湘灵写下的诗篇无处送达,故而称断桥?"

僧人默不作声,想起十二年前在东京学油画,托房东找一个人体模特。他一眼就看上了这位楚楚动人的姑娘。他用娴熟的日语问:"你叫什么?"姑娘弯下腰答:"诚子。请多关照。"这个名字从此溶进他的灵魂。那种心动,就如烂漫的樱花怒放,就像钱塘潮一样汹涌澎湃。

这种感觉还是他二十年前在天津时有过一次。那时他迷上了戏剧,也迷上了那个嗓音婉转的美貌女伶,瞬间打开了他的情窦。他的母亲看在眼里,什么也没有说,为他定下一门亲。于是他十八岁时奉母亲之命娶了一个茶商之女俞氏。这是一位典型的贤妻良母,为他生儿育女,随着他命运的起伏,一个富家小姐也能挑灯补衣,劈柴做饭。对他的顺从,也就是对命运的顺从,无论他做什么,没有一句怨言。她越是沉默,他越是亏欠。他深知不能违逆母亲的意愿。

他记忆中的父亲两鬓白发,是同治年间进士,吏部主事,家世显赫。母亲青春年华嫁给父亲做了三姨太,在二十岁的金秋时节生下他。六十八岁的父亲颤颤巍巍抱起他,喜极而泣。他五岁时,父亲病故,家道中落,幸亏长房大哥一手撑起这个大家庭,吃穿用度一样不少。他无法摆脱这个大家庭,也不能把相依为命的母亲置于难堪的境地,不能让母亲无立足之地。

1898年秋,接触新思潮的他也受到戊戌变法牵连,匆匆之间,带着母亲妻儿避难上海。这个开放的码头,各种新思潮更多,各种新人物更多。他的才华在这里有了更大的舞台。人世无常,他才二十五岁,也就是1905年3月,母亲突然病逝,一句话也没有留下。他痛彻心扉,滚滚红尘中哪儿去找最后的依恋,茫茫人海中再也听不到母亲的乡音。他带着妻儿扶柩返回天津,摒弃一切传统的葬礼,没有披麻戴孝,没有号啕大哭。他独自守在母亲的灵柩前,抚琴长歌,唱出他无限的悲凉:

哀游子茕茕其无依兮,在天之涯。
惟长夜漫漫而独寐兮,时恍惚以魂驰。
……
月落乌啼,梦影依稀,往事知不知?

往事如烟,不思量,自难忘。

母亲去世后,他想换一种生活,1906年和许幻园一起赴日本留学。想到许幻园这位知己好友,一声长叹。他回国那一年,正是辛亥革命那一年,封建王朝倒下了,想做皇帝的人多起来了。军阀混战,民不聊生。他大哥经营的钱庄一夜之间化为乌有。为了养家,他收起浪漫收起逍遥,穿上整洁的灰布长袍,布袜布鞋,做起教员。在他的学生中,出了漫画家丰子恺、音乐家刘质平……许幻园多次伸出援手,想让他全身心地创作音乐。三年后,一个大雪纷飞的夜晚,许幻园敲开他家的大门,说道:"叔同。我家破产了。请多保重。"说完转身离去,消失在茫茫的雪雾中,那个孤独的背影一直留在他的脑海中,久久不能平静,提笔写下传唱了几代人的《送别》:

长亭外,古道边,芳草碧连天。
晚风拂柳笛声残,夕阳山外山。
天之涯,地之角,知交半零落。
一壶浊酒尽余欢,今宵别梦寒。

漫漫长夜,四顾茫然。惊世才华,不过写一出水月镜花;做人富贵,只能唱一曲槐穴黄粱。他记起父亲不但饱读诗书,也是一个虔诚的信徒,烧香拜佛,广结善缘。他记起数次踏进庙门的奇妙感觉,醒悟到他是从哪里来的,又将向哪里去。他决心和过去的自我做一个了断,舍弃尘世间的一切杂念,远离人间烟火,找一片净土,寄放他的灵魂。

女子轻声唤道:"叔同。你听见我说话吗?"

僧人答:"请叫我弘一。"

女子留下两行热泪:"弘一,你去自度,那谁来度我?"

僧人答:"一切皆有定数。"

女子又说道:"我回国那天,你能来送我吗?"

僧人说:"人生总有一别。诚子,我再次叫你一声诚子,我们就此告别。"

断桥边,白堤上,垂杨下,系上一叶小舟。小舟还在摇晃,僧人已经大步向虎跑寺走去,留下诚子,这个多情的日本姑娘在风中独自哭泣。

一刹那,一分手,一转身,世间再无李叔同,只有弘一法师。

(断桥去过多次,印象最深的是在 2010 年)

四十九、合掌峰

他抬起头,看向眼前的奇峰,如合十的手掌。两只合拢的手掌中间有一条巨大的裂缝,这条缝就是观音洞。这就是雁荡山灵峰景区最著名的景点——合掌峰。到了晚上看夜景,就是夫妻峰。

"三十多年前,我也来过一次。只是没有想到,人家到庙里烧香拜佛,我们到庙里研究起概率。"他看起来有六十出头了,一身运动衣,干练整洁。他接着说道:"概率就是研究随机现象里的数量规律。通俗地说,就是一个硬币有两面,抛在地上,正面朝上,反面朝上,各有百分之五十的可能,如果这个硬币有三十六个面,其中指定的一面朝上只有千分之几的可能,这就是概率。再通俗一点,你去买彩票,中大奖的概率是多少。"

我们问:"你怎么会想到这个。"

他见我们很感兴趣,便给我们讲了当年的故事:

那年,我们爬了三百七十七节台阶,爬到最高处,就是观音殿。殿前一角摆着一张桌子,坐着一个道士。不知是真道士还是假道士,借着观音的一方宝地,做些小生意,抽签解运。我们爬得一身汗,在平台上总要歇歇。出于好玩,有人提议每个人抽一签看看自己的运道如何,大家都欣然同意。

一个竹筒里可能有几十根签。这签也有讲究,分为上上签、上签、中上签、中签、中下签、下签、下下签。道士要做生意,必须好签要多,下下签要少或无。你摇啊摇,跳出来的那一根上面有模棱两可的顺口溜,你再出点钱,道士就给你解运释惑。大家抽到签看完哈哈一笑便了事,也不劳道士解运了。

最后抽签的是一个小姑娘。她摇啊摇,摇出来一根下签,竟是我们这批人中唯一的下签,她顿时脸色惨白。我们都说这是巧合,不要相信,这不过是一个概率的问题。有人提议让她再抽一根,必定是上签。小姑娘真的再抽一根——下签。几个女同胞赶紧过来扶住她,生怕她腿一软倒下了。我真怕她挺不住晕了过去。

那道士脸上闪现一丝诧异,可能在他的职业生涯中也没有碰到过这种情况。道士心生怜悯,说道:"豪稍下山发汗。"浙江人说话和上海话有些像,豪稍就是赶快的意思。

因为这件事,我记住了这个小姑娘,对她的命运也格外关注起来。我们都是一个小地方的人,工作单位又是一个系统,打听她的消息是很简单的一件事。

她是一个普通人家的小囡,只读了一个技校,是最后一批顶替父母进厂的。回上海后不久就结婚了,男方条件一般,挤在婆阿妈的房子里。

1991年底,银行推销认购证,摊到有求银行的单位的认购证,三十元一张,单位头头当然不肯自己出这份冤枉钱,就叫做出纳的小姑娘出。还好认购证数量也不多,只有十张,三百元。1991年的三百元什么概念,差不多半年的工资。小姑娘要吃饭,也不能拒了这份差事,抹着眼泪拿出了三百元。

谁知当时说百分之九十九不中奖的认购证竟然百分之百中奖了,这些可都是原始股啊。小姑娘一下子有了第一桶金。她觉得自己命不好,资格又浅,又没有背景,单位房子不会分给自己的,于是隔手去买了一套房子,和婆阿妈分开住。那时还没有商品房的概念,只有什么农民集资房。我们这些聪明人昂起头等着单位分房子,等到醒悟过来,只好自己咬紧牙关去买商品房,但这小姑娘已经在市区买房了,不晓得是第几套了。

20世纪90年代中期,一大批企业关停并转,我们都在提心吊胆,不知什么时候下岗。小姑娘考了一个事业单位"吃皇粮"去了。

我有点纳闷,小姑娘是不是得了高人指点,几次发财的机会都被她牢牢把握住了。现在,她也到中年了,儿子也有出息。她就在广场上跳跳舞,练练身段,确实保养得不错,不见一丝皱纹。

有次我想邀她一起再爬雁荡山,证明当年的抽签不过是一个概率论的小游戏。她一笑:"我没空,要领孙子啦。"我说:"真人不露相,看不出侬真来赛。"她又一笑:"我的运道最差了。侬晓得的,抽签抽的是下下签。不过,我还是要谢谢那个道士。"我问:"做啥啦?"她说:"当时道士看我作孽,说了一句六字真言。"我连忙问是什么真言。她说:"眼稍趁早发财。"这个"稍",在吴语里有专门的一个古汉字,左边是"忄",右边是"妛"。在老一辈的口语中,类似的话很多。侬脚稍来,指你走得真快;侬手稍来,指你出手好快;侬眼稍来,就是眼光又快又好又准。吴语中同一个字在不同的语境中有着微妙的区别。趁早翻译成普通话就是抓紧抓早抓好。我顿时哑然,那句话难道我听错了? 那么近的距离,我听成"发汗",她听成"发财",这难道也是概率的问题!

山上摆摊的道士知道不知道,他的一句话,下下签早已成了上上签。

(第一次去雁荡山大约是1989年,第二次大约是2005年)

五十、石林

去过云之南花之海的人都不会忘记那片神奇的地质奇观——石林，尤其那块阿诗玛的象形石柱。"天造老石岩，石岩四角方。这就是我存身的地方……云散我不散，日落我不落。我的影子永不散，歌声永不歇"。

我是1990年去的，那时的旅游景点都没有浓厚的商业气息，车子刚停下，就传来悦耳的歌声：

马铃儿响来哟玉鸟儿唱
我和阿诗玛回家乡
远远离开热布巴拉家
从此妈妈不忧伤
不忧伤嘿哟嘿不忧伤
……

一群身穿民族服装的少女边歌边舞，每张脸都纯洁无瑕，带着真诚的微笑。

这歌声对我们这一代人来说太熟悉了，阿诗玛的故事情节也太熟悉了。阿诗玛和阿黑相爱,却遭到老爷热布巴拉儿子的逼婚,当阿黑从地牢里救出阿诗玛一起回家时,热布巴拉老爷买通崖神,洪水冲走了阿诗玛。

1964年,彩色电影《阿诗玛》初次放映时我们还是孩子,1982年重映,再次吸引我们走进了影院。只有一个人不看不听有关阿诗玛的一切,她就是《阿诗玛》最初的搜集者和执笔者之一朱虹①。

1953年,二十五岁的朱虹来到石林,在圭山一个撒尼族人的村子前听到有人在唱山歌,那是朴素无华带着野性的原始的山歌:

十五岁的姑娘,人家来说你不给。二十岁的姑娘,你想嫁人嫁不掉。火塘边上的老姑娘,伤心一辈子的是你吗?

朱虹怔住了,这歌唱得她心碎。朱虹是大理人,父亲在民国政府总统府军需处供职,1944年去世,全家在父亲去世后断了生计。高中毕业的朱虹到祥云县一中任教,1947年加入中国人民解放军,1950年随军进驻昆明,被分在文工团。1953年1月,新中国刚刚成立没几年,百废待兴,云南省知道有《阿诗玛》这样的诗歌瑰宝,马上组织人力物力去采风搜集。当时高中毕业的朱虹被选中,抽调她去参加搜集整理创作彝族撒尼人叙事长诗《阿诗玛》。

朱虹听到的山歌,正是《阿诗玛》的片段,她和唱山歌的彝族姑娘阿茶交上了朋友,吃住在阿茶家。那时她才知道,《阿诗玛》是彝族的口头文学,在不同的地方有不同的版本、不同的唱法。阿茶不但会唱《阿诗玛》,日常生活的琐碎小事也都会编成山歌。走在路上,看到岩石看到茅草,她便能唱:"茅草长在岩石旁,到了冬天就枯黄。火塘里有了这把草,也能烧开一锅汤……"那年7月,朱虹带着收集和创作

---

① 有关材料主要摘自曹力源的文章《不应遗忘的〈阿诗玛〉作者之一朱虹》(《云南日报》2024年2月3日)和赵英秀的文章《李广田和他的〈阿诗玛〉》(《人民政协报》2012年11月15日)。

的手稿离开圭山,阿茶翻山越岭,一路相送一路哭着说:"阿姐,你要回家来啊!"半年来日日夜夜的相处,朱虹把阿茶当成了阿诗玛,创作的激情喷涌。1953年10月,《西南文艺》首发《阿诗玛》,朱虹是署名的主创者之一。

朱虹和阿茶谁都不会想到,这一别,竟再也没有相见的机会了。

1958年朱虹和丈夫因为历史原因下放到西双版纳傣族自治州农场里监督劳动。1960年又转送到景东彝族自治县,该县对这两位省城来的文化人给予了较好的安排。朱虹当了县里高中老师。朱虹很清楚一句轻描淡写的历史原因指的是什么。

二十年光阴,眨眼就过去了,《阿诗玛》也经历了命运的跌宕起伏。

1959年,云南省委宣传部决定重新整理《阿诗玛》,把这副重担交给当时在云南大学工作的李广田,他要面对的是当年收集的各种手稿和出版物。最早的是1950年杨放在昆明杂志《诗歌与散文》9月号发表的《阿诗玛》片段。最完整的是1953年版,当时云南省委宣传部与省文联组建"云南人民文工团圭山工作组",由黄铁、杨知勇、刘绮、公刘整理出版的《阿诗玛》。

李广田就是要让这些芜杂的素材浴火重生。奋斗半载,不负重托,于1960年由云南人民出版社出版的《阿诗玛》在文化界引起广泛反响。它忠于原作,体现了少数民族文化的特点,又有自己的风格。此书后来被评为中国民族民间文学整理工作的一个范本和样板。

更为可贵的是,《阿诗玛》在付梓时,李广田坚持不署自己的名字,落款是"中国作家协会昆明分会重新整理"。而且他还坚持不要稿酬,有关单位曾先后三次将稿费送到门上,他分文不取。最后他提议将稿费转赠给阿诗玛的故乡,赠给路南县撒尼人民作为文化活动的经费。

1964年,《阿诗玛》被上海海燕电影制片厂改编为中国首部宽银幕音乐舞蹈片,并由李广田担任文学顾问。可惜又因众所周知的历史原因,电影被批被禁,李广田也受尽折磨,含冤而逝。人们更熟悉的是阿诗玛的扮演者杨丽坤的遭遇。杨丽坤也是彝族人,十八岁主演《五朵金花》时红遍大江南北,二十五岁被逼疯,五十八岁在上海的家中逝世。

1978年12月27日,在庆祝中美建交联合公报发表六周年举行的酒会上,放映了尘封十四年的电影《阿诗玛》,引起轰动。《阿诗玛》又一次得到重生。学术界和文化界掀起探寻《阿诗玛》诞生和起源的热潮,几十年来一个从来没有被人提起的名字走进人们的视线,这个人就是朱虹。《阿诗玛》三分之一以上的篇幅都出自她手。

朱虹对这一切一无所知,每天仍不辞辛劳地到每家每户抄电表,收电费。1980年的一天,她坐在小板凳上清洗土豆,走来两位云南人民出版社的编辑。当听说是特为来找她,并且已经找了她两年时,朱虹颤抖的手握不住一只土豆,土豆掉进盆里,泥水溅在她堆满皱褶却突然放光的脸上。她曾经也是出版社的一员。他们聊起当年怎样去采风收集《阿诗玛》的素材,聊起《阿诗玛》在国内和国外的影响,聊起《阿诗玛》的巨大价值,聊起围绕《阿诗玛》的起起伏伏。两位编辑郑重其事地跟她解释,当年是因为历史原因,故而再版《阿诗玛》时把署名删掉了。又拿出一本发黄的《西南文艺》递给朱虹,也就是1953年的那一本。

两位访客走后,朱虹看了看杂志上铅印的朱虹两个字,随手扔进正在煮土豆的火炉里。她的儿子问道:"妈,你在烧什么?"朱虹说:"一把茅草。"

火光中她好像看到了阿茶,好像听到了阿茶的山歌:

阿诗玛你在哪里?
她在云端里,
她在湖水里,
她在花丛里,
她永远在我们撒尼人的心坎里。

(1990年游于石林)

后记

这是一个普通人所写的游记,除了一、二两篇写于2011—2013年间,其余都写于2021—2024年间。

退休后赋闲在家,十分无聊,又没有别的爱好,空想以前到过哪儿哪儿。从南到北,从东到西,过去是为了生活,后来是为了享受生活。于是,敲起键盘,写了开头的几篇《虎丘》《沧浪亭》……当时并没有出书的打算,只不过想写点东西消磨时间。借虎丘比喻文章平中见奇,借沧浪亭比喻留白借景的笔法。写了几篇搁浅了,一放好几个月,重新拾起,续写的几篇有点类似游记。于是把先前写的作了修改,一改就改成如今的样子。好的游记,高手们都已写尽,网络上的短视频更是把风景名胜尽数呈现。我如果人云亦云,也去介绍景点,那便没有再写下去的必要了,这些文章大多是自己的回想、自己的视角、自己的思索,有点和别人不同的地方。

"云游"多指僧人道士四处拜访名山大川,拜谒名刹道观,参悟修行真谛。我哪来这么高的层次。我之云游,不过是曾经到过不少地方,以及现在从网上漫游,故文章的题目都以景点为名。杂记之杂,时间跨度上下几千年,地理跨度纵横几千里,既有历史上的人和事,也有现代的人和事。祖国的大好河山,凡是我亲身到过的地方,凡有所触动有所感悟，都是写作的素材。我才疏学浅，故而不拘形式，取各种散文流派的写法，也有尝试新潮的写法；不拘题材，或抒发爱国之情，或探讨人性的复杂，或记录地方风情；不拘风格，或幽默诙谐，或悲凉慷慨；不拘长短，故泰山如此宏大，文化底蕴如此深厚，却仅写了几百字，一间小亭子所写的字数反而是它的几倍。希望每一个有兴趣翻阅的朋友都能读出其中的寓意和自己的感悟。

  对我来说，写作不过是业余爱好，从中寻找某种乐趣，开始写得很快，越写越慢，越写越累。有时才思泉涌，有时踽踽前行。甚至有些文章是我强迫自己写下去的，为查证某一处，我不得不大量搜寻资料，往往看了数千字，写成文章只有几句话。这个过程自有某种乐趣。尤其忽然开窍，寻找到一篇文章好的构思时，那种乐趣更是难以形容。对没有天分的人来说，写作也是一件很辛苦的事情，不过一个老年人也没有必要强逼自己做辛苦事，能写则写，写不了就休息。回过头来，看看字数，不知不觉间竟也写成一本书了。